TopBook
饕书客

一 个 人 ， 遇 见 一 本 书

TopBook
臻书窖

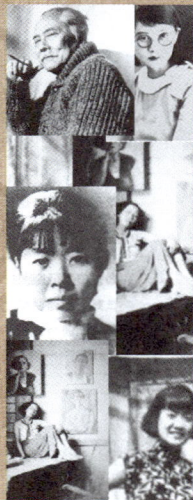

在此，我爱你

HERE
I
LOVE
YOU

图书在版编目（CIP）数据

在此，我爱你 / 徐逢 著 .--西安：陕西人民出版

社，2014

ISBN978-7-224-11150-7

Ⅰ. ①在… Ⅱ. ①徐… Ⅲ. ①回忆录–作品集–中国

–当代 Ⅳ. ①I251

中国版本图书馆CIP数据核字（2014）第117760号

出 品 人：惠西平

TopBook

饕书客

总 策 划：宋亚萍

策划编辑：关 宁 韩 琳

责任编辑：王 倩 王 凌

封面设计：左 岸

内文制作：毛小丽 唐懿龙 李 静

 杨 博 王 芳 张英利

在此，我爱你

作 者 徐 逢
出版发行 陕西出版传媒集团 陕西人民出版社
 （西安北大街147号 邮编：710003）
印 刷 陕西金和印务有限公司
开 本 787 mm×1092mm 32 开 7 印张
字 数 200千字
版 次 2014年9月第1版 2014年9月第1次印刷
书 号 ISBN 978-7-224-11150-7
定 价 29.90元

孟小冬　女性的天空
名分与归宿

萧红
废墟上开出的寂寞花

白薇

苏青
俗世女子俗世梦

梁白波
蜜蜂小姐的矛与盾

张爱玲
万转千回之后

蒋碧微
终于明白要什么

自 序

当我们谈论爱情时，我们在谈论什么？

当我们谈论婚姻时，我们又在谈论什么？

此时正是江南梅雨季。咖啡馆里坐着几桌闲聚的男女。天空阴阴的，云层薄的地方还是有阳光裂出来。马路上人来人往，每个人都步履匆匆。

忽然邻桌的女人流泪了，坐她身边的女友，任由她哭泣，待她哭够了，才扯一叠面巾纸递过去，"他就是个渣！长痛不如短痛呀！"

另一桌男女，女人"腾"地起身，面露愠色，昂然而去。男人呆坐在座椅上，瞠目结舌，半晌才自嘲地笑笑，燃一支香烟，顷刻间，整张脸云遮雾罩着，看不清。

而我独占一桌，桌上摊开的书，是关于菲茨杰拉德和泽尔达的传奇。普通人的日子一地鸡毛，名人的生活，尤其是情爱生活，跌宕起伏，却是引人好奇。

阅读传记，是我的爱好之一。很多年前，我因习画和本家故，非常崇拜徐悲鸿。看到图书馆里有其发妻写的《蒋碧微回忆录》，我立刻借来研读，读完第一反应却是完了，大师的形象在我心中坍塌。之后不甘心，我又读了其他人写的他。在海量阅读中，倒塌的形象重新立起，比之前的那座神像要低，却让我满意。作为一代大师，他是不凡的，但作为一名男人，他却显得很一般化。

这是我阅读史上比较重要的一件事。从此我读到名人传记、轶闻时，总是保持着一定程度的理性。不仅在读书上，在生活中，我对八卦的态度也是如此，兼听则明偏听则暗。

我喜欢那些与我隔着时空的名人们，距离产生美，隔阂使人保持冷静。阅读关于他们的文字，我像是进入到邓布利多的冥想盆，尾随他们身后，近距离观察他们、了解他们……最后我总是发现：去除头顶的光环，他或她，在爱情、婚姻中的他们，真像我认识的某些熟人。

一点儿也不神秘，但依然会为他们感慨：某年某日在某处，他与她曾相爱过。

无论最后如何结局，曾经爱过，就足够动人。

可是呢，谁会喜欢一段没有结果的感情？我对此表示深刻怀疑。

男人和女人是天生不同的两个物种，却注定彼此相爱相处。爱情大概是互相了解的最佳途径之一。爱情骤来骤去，不知如何持久常新？男女之间，究竟是爱情，还是欲望，是真情假意，抑或只是出于寂寞？当时难分清，事后才清醒。

我在这本书里写了一些耳熟能详的人，写的全是他们的爱情和婚姻。比如孟小冬，为了爱情中断星途；比如白薇，积蓄一生的感情都倾注在一个人身上；比如郁达夫，"酒醉情多累一生"；比如沈从文，娶到了理想中的女子，生命中还是有着那么多的"偶然"……

菲茨杰拉德在《明智之举》的结尾中写道："世上有成千上万种爱，但从没有一种爱可以重来。"我想，从这个意义上来说，了解那些曾发生过的爱情，对于现在的我们，或许是有利而无害的。

目 录

Here
I love you

在此
我爱你

I

· 梁白波：

1911 年 6 月 6 日出生于上海，祖籍广东香山。在新华艺专和西湖艺专学习油画，新美术运动油画组织决澜社成员。1935 年与叶浅予相恋并同居，创作的漫画系列"蜜蜂小姐"风靡一时。1938 年在武汉与陈恩杰相识，随后离开叶与陈恩杰结婚。

· 叶浅予：

1907 年生于浙江桐庐，漫画家。与梁白波相识时，任《时代画报》编辑，有妻有子。

· 陈恩杰：

空军飞行员，1938 年与梁白波在武汉相识并结婚，后在台湾与梁离异。

一
梁白波
蜜蜂小姐的矛与盾

一个人桀骜不驯、特立独行，一半出自天性，一半
受到周围环境的影响。身为女人，梁白波的天性中自有柔
弱之处，无论她过去如何掀起惊涛骇浪，随着年岁的增长，
经验的沉淀，到后来，还是有安定下来的渴望。

诗心灵性《婆汉迷》

1935 年，从菲律宾回到上海的梁白波，住在北京路一家二手铁器店楼上。每
当她上下楼时，木头扶梯发出"吱吱呀呀"的声响，似乎比几年前她离开时更加
经不起摇晃，随时有坠落的危险。

——几年前的离开，是为了躲避灾祸。

梁白波在新华艺专和西湖艺专学习油画，毕业后参加了由庞熏琹等人组织的新
美术运动油画组织决澜社。除了画画，梁白波还参加了一些政治活动。1931 年，

梁白波

叶浅予

白波为朋友殷夫的诗集《孩儿塔》创作了九幅插图。

画插图不难，难的是给诗集画图。诗与画的转换和对应，诗的意识形态和画面的意境传达，倘若没有诗人的气质、画家的灵性，插图的效果难免突兀。梁白波恰好集思维、技巧、诗心、灵性于一身，年仅二十岁的白波，是缪斯女神的宠儿。

不幸发生了。诗集出版没多久，殷夫在上海龙华遇害。为了避免受到牵连，梁白波只能远赴南洋，暂时在菲律宾的一所华文中学教美术。

现在，她回来了。北京路上这间房子是母亲留给她的，破败简陋，但没有关系，即便居无定所，梁白波也能接受。张若谷写过一本《婆汉迷》，婆汉，法文 Bohemian 的音译（今译波西米亚人），指流浪汉或落拓不羁的艺术家。梁白波迷恋婆汉的生活。

婆汉也要吃饭。回国后的梁白波，却一直处在失业状态中，生活窘迫。

"给《时代漫画》投稿吧！杂志社离你家很近，投稿方便，如果他们刊发了你的画，一次能得稿费五元呢！"

朋友们知道白波的才华。

学油画的去画漫画，行吗？梁白波知道，漫画是夸张的艺术，生活中的笑料经过夸张，便容易引人发笑。她得把周围的形象漫画化，才能获得有趣的效果。沉思中，灵感飞来，她拿起画笔，画完画，稍做考虑，又加上了一个标题：《母亲花枝招展，孩子嗷嗷待哺》。

画稿投过去之后，很快，《时代漫画》的主编鲁少飞约她来编辑部见面。

杂志社离得不远，在那座办公楼里，汇集了邵洵美投资的"时代图书"旗下的"五大杂志"。梁白波看到《时代画报》的牌子，没做考虑，直接推门而入。

屋内，一名蓄着八字胡的青年男子扭头望向她。

Bomb 引爆一颗炸弹

梁白波尚不清楚，她要找的是鲁少飞的《时代漫画》，而不是这名男子所在的《时代画报》。

当然，这不妨碍什么。因为她所遇到的，正是当时在上海滩大名鼎鼎的漫画家叶浅予，家喻户晓的漫画人物"王先生"的创造者。

有关叶浅予的"王先生"，上海的大街小弄，流传着一首很好玩的打油诗："锃亮光头像电灯泡，八字胡子翘了翘；倒挂眉毛抖又抖，走起路来摇三摇；屋里住勒石库门，日脚过得蛮风光；喜欢女人怕老婆，欲火焚身差点命报销。"

长篇漫画《王先生》先是在《上海漫画》上连载，三年后，因《上海漫画》停刊，移到了《时代画报》上继续登载。

叶浅予的目光在梁白波身上从上到下溜了一圈，再次触碰到她的眼波时，竟呆了一呆。

谁都没有料到，初相遇时的这一照面，会是两人之后长达四年的情爱之旅的开端。

等到叶浅予看到梁白波的漫画，他的心脏简直像被什么东西给抓住了，又难受又兴奋。《母亲花枝招展，孩子嗷嗷待哺》，画的不正是他的太太，他家的情形么？

太太罗彩云把他们的孩子交给奶妈带，自己整天就知道沉迷麻将，简直跟梁白波漫画中的那个母亲如出一辙！

叶浅予比梁白波年长四岁，却早已娶妻生子。太太是桐庐望族人家的小姐，其父祖都是士子，对家族子弟的教育极其重视。罗彩云是个例外，她生性不爱读书，成年后终日陪着有洁癖的老祖母打麻将，几乎算得上半个文盲。叶浅予跟她成婚后，本打算把太太留在家里侍奉公婆，可罗彩云因为见多了男人在外风流、太太在家苦守的例子，非跟丈夫去上海不可。

罗彩云生下儿子后，因她从小束胸导致奶水下不来，家里就请了个奶妈。从此孩子有人带，家务活也由奶妈来办，罗彩云每天不是打牌就是逛街，讲究派头及穿戴，跟梁白波的画中人极其相似，成了一名只顾享乐不负责任的少奶奶。

丈夫对妻子一旦挑起刺来，恐怕他自己都会佩服自己：他竟能跟这样的女人同床共枕？！

梁白波

叶浅予

　　叶浅予跟太太结婚五年，有儿有女，事业顺风，唯欠情感波澜和精神撞击——罗彩云与他在这方面先天不足，并且自有她的一套道理。

　　"钱用完了，拿钱来！"这是罗彩云与丈夫最常说的一句话。家务安排好了，叶浅予可以安心忙他的绘画，她有自己的乐趣，不会成天缠着丈夫烦扰他。这样的日子，有什么不好？

　　叶浅予正为夫妻生活的平淡乏味、毫无精神沟通而烦闷，梁白波的这幅漫画，说出了他想说而没说的话，讽刺的正是他夫人这样一类所谓的上海滩少奶奶。

　　在叶浅予的观念里，搞漫画的都是男生，他从未见过女士画漫画，这使他对梁白波越发另眼相看。眼前这位女郎，一望便知与众不同，也许就在第一眼时，她已拨动了他的心弦。

　　更有意思的是，梁白波的笔名居然是法文 Bomb，炸弹的意思。这个女郎，真是时代新女性，她要用画作，炸掉旧世界，开创新天地？

　　听她说话，轻轻柔柔、慢条斯理的，每个字都好像从她心里吐出来一样。她长得不算特别美丽，但她有着妩媚的大波浪卷发、盈盈秋水般的眼睛，她的身材娇小玲珑，举手投足间，无不散发着独特的味道……

　　这样一个 Bomb 啊，她确实是颗炸弹，引爆了叶浅予沉睡着的爱情世界。

　　叶浅予很快打听到梁白波的情况，决定去她家里拜访。

　　听到楼梯的"吱呀"声响，梁白波迎了出来。站在楼梯口，她看到叶浅予正沿着那摇摇欲坠的木头楼梯往上爬。

梁白波穿了件绿色的长袍，那绿色很特别，似一片湿漉漉的绿茵。她抱着手臂，斜睨着这位看上去风流倜傥的画家。

她穿错了衣裳。就在两人目光交汇时，爱情发生了。一股潮湿的、令人窒息的绿潮，将他俩同时卷起，掀上了云霄。

叶浅予

只羡鸳鸯不羡仙

每天下班后，叶浅予从杂志社出来，就往梁白波家里走，忘了自己还有个家，老婆孩子还在家等他吃晚饭。几次约会后，梁白波也知道叶浅予有老婆孩子，但她不介意。艺术家不应被世俗给羁绊，只要叶浅予有勇气抛开那个家，梁白波情愿跟他过"流浪艺术家"的苦日子。

20 世纪 30 年代的梁白波

一个春日明媚的下午，叶浅予兴冲冲地拉上梁白波来到一个报名点。原来，津浦铁路搞了一列卫生宣传车，招聘画家绘制宣传画。叶浅予觉得这是个好机会，既有意思，又能跟梁白波在一块儿。白波浅浅一笑，跟在叶浅予后面，也报了名。

这列宣传车，每到一个大站，就会悬挂卫生宣传画，招徕观众。铁路卫生人员则给客车消毒。余下的时间里，津浦铁路安排这次报名的画家和宣传工作人员在当地游览观光。梁白波和叶浅予一边工作，一边观光，谈不完的话题，只恨时间过得太快，转眼就到了返程的日子。

到达天津后，全体工作人员到北平游览，然后集体回浦口。叶浅予与梁白波已难舍难分，干脆留在北平，在金鱼胡同的一所公寓里住了下来。

梁白波成了叶浅予的女朋友。

他们不会再分开了。因为他们既是异性的同类，又是艺术上的知音。他们一见钟情，相逢恨晚，彼此都感到两人是天作地设的一双，谁也无法抗拒这样的吸引。

至于叶浅予的妻子和儿女，他离开他们就是了。一桩错误的婚姻，早晚得结束，梁白波就是终结这场错误的使者。

在北平的日子，美好得像在梦中。他俩畅游古老而神秘的故都，白天游故宫、天坛、天桥、颐和园，晚上看京剧名角演出。叶浅予以上海漫画家的身份结识了北平许多画家、记者、摄影家，梁白波则以叶浅予女友的身份一脚踏进了这个圈子。

他们都被这新鲜刺激、情投意合的生活给迷住，乐不思归。可是，即便叶浅予不回他在上海的那个家，还是得回去工作。数日后，两人携手归来，在辣斐德路（今复兴中路）一家私人舞蹈学校楼上租了一个亭子间，开始了他们的同居生活。

梁白波抗战时期所作漫画《军民合作抵御暴敌》

夫人与姨太太

梁白波和叶浅予的恋情，很快在上海文艺圈里成为公开的秘密。不久后，上海《时报》登出叶浅予"离家出走"的消息。文章大肆渲染，用叶浅予笔下的著名人物"王先生"指代叶浅予，虽未指名道姓，其实也跟指名道姓毫无两样。

起初两人并不在意。

叶浅予受墨西哥漫画家珂佛罗皮斯的影响，几年前就开始画速写，现在有梁白波作陪，两人一起画，叶浅予更加画兴大发，出手极快，一张张速写像流水般从他笔下流出来。这些画，后来被整编成一本《旅行漫画》。爱情催生艺术灵感，爱情让生活变得多姿多彩，每一天都充满意义。

梁白波的小烦恼是叶浅予尚未离婚。不过，叶浅予实际上已脱离了那个家，跟她在一起。他们过得多么快乐呀！白波管不了那么多了，当一个人陷入热恋中，她所知道唯一正确的路，就是爱情。

朋友们有时也拿他俩开玩笑。有一次，大家聚

漫画家合影（1936年）左起：张光宇、梁白波、王敦庆、张乐平、丁聪

在一起，酒足饭饱之后，张佛千说，他从来没见过诸位漫画高手联手共画一幅漫画，今天乘兴玩一手如何？

于是，由叶浅予开笔，在纸上勾勒出了当时红透上海滩的"王先生"与矮胖的王太太形象。陆志庠在"王先生"鼻子边添了一只缭绕不去的苍蝇。张英超则在"王先生"的身旁画了一个蜂腰肥臀的摩登女郎。

最后提笔的是鲁少飞，他看看画纸，在摩登女郎的脚下勾勒出一只温驯的小肥羊。

画完后，鲁少飞一本正经地告诉大家："我这一笔是神来之笔，叫'顺手牵羊'。"

在场的朋友们都会心地笑了。这幅合作漫画，绕来绕去，变成了朋友们跟叶浅予开的一个大玩笑。

画面上的摩登女郎，给人的第一感觉是漫画人物"王先生"的女儿阿媛。然而鲁少飞在摩登女郎的身边插画了一只羔羊，这样一来，就不由得让人浮想联翩了。因为，叶浅予生肖属羊，他在家里的乳名就叫阿羊。

于是，画面上那风情万种的摩登女郎，就绝非普通意义上的漫画人物了。大家都想到了梁白波。

至于那只温驯无比的小肥羊，除了阿羊叶浅予，还能是谁呢？

陆志庠凑趣地给叶浅予、梁白波解释说，他添在"王先生"鼻梁边的那只苍蝇，是苍蝇不叮无缝之蛋的意思。

朋友间的玩笑和小报的八卦，毕竟有着本质区别。前者即便粗鄙，半真半假，却无恶意；后者唯恐天下不乱，闲坐云端看热闹。不过，即便没有小报的多管闲事，叶浅予的太太罗彩云也凭着女人的直觉猜测到，叶浅予肯定在外面有了女人！

她决心凭着自己的双手，捍卫她的婚姻果实。

罗彩云派出女儿的奶妈跟踪叶浅予，很快把丈夫和情敌的情况查得一清二楚。有一次，在大马路上，她把正走在一起的这两人请到了家里。三人相对，叶、梁忐忑不安，罗彩云却镇定自若。她出生于诗书世家，一些传统的观念几乎融于她的血液中。男人多几个女人算什么？她可以容忍丈夫和梁白波的关系，但她必须保持正房太太的名分，至于梁白波，叶浅予可以娶进来当姨太太，与她相处，必须遵从妻妾之间的礼节。

叶浅予对自己的太太比较了解，一时之间却也不知如何应对。而在他边上的梁白波，早已被羞辱得面红耳赤，手足无措。陷入这样一种处境，绝对超出她对Bohemian 生活、对爱情自由的预计。

跟有家室的男人同居，想跟他永久地双宿双飞；被男人明媒正娶的夫人叫到跟前，愿意接受她，要她做低伏小当姨太太。表面看来是两码事，说穿了竟是一回事。

梁白波尝到了爱情的辛辣酸涩味。何去何从，她需要考虑一下。

她翻开手头那本《邓肯自传》。世界著名舞蹈家伊沙多拉·邓肯（Isadora Duncan）因欠债而被迫写出来的这本自传，是梁白波的最爱。白波对邓肯的自由解放性格推崇备至，邓肯对艺术的深刻见解，对生活、对爱情的坦诚和火热，都深深影响着她。

现在，梁白波希望她有一颗像邓肯般坚强不屈的心灵。

想要庸俗的幸福而不得

小报上还在继续渲染叶浅予和梁白波的绯闻。

白波发现自己没有想象中洒脱、坚强，叶浅予也不胜其烦，两人商量后，干脆离开上海，去了南京。

离开俗事缠杂的上海，两人生活得既贫穷又开心。梁白波自幼家贫，能忍受清苦的生活，即便在小饭馆吃上六块钱一个月的包饭，她也觉得很享受。

比物质享受更绝妙的是爱情，是因爱情焕发的艺术生命。叶浅予为南京的《朝报》画《小陈留京外史》，梁白波为上海的《立报》画连环画《蜜蜂小姐》，一直连载 25 天。

梁白波创作的漫画《蜜蜂小姐》，塑造了一位形似蜜蜂、细腰肥臀的都市小姐，鲜明的形象很快风靡了上海滩。这位上海大都会的时髦女郎，会为成功减肥一磅而雀跃不已，会假装弱小以博得心仪男子的关注，会为参加舞会在穿衣镜前连换数套服装。最让白波开心的是，"蜜蜂小姐"不仅仅是一个漫画形象，在"她"身上，白波还加入了自己的思想。

比方说，在爱情上，性感妖娆的"蜜蜂小姐"十分奔放勇敢，大胆地追求着自己的爱人……

"蜜蜂小姐"的生活，一时间成为读者关注的热点。梁白波也有了一众追捧者，

纸上精灵

蜜蜂小姐

王先生、小陈、蜜蜂小姐同为当
时著名的漫画人物

他们也将画作者昵称为"蜜蜂小姐"。

　　1936 年出版的一本《叶浅予速写》，扉页上叶浅予的头像，也出自梁白波之手。八字胡，两条浓眉，一双眼睛机敏又严厉，活脱脱传达出了叶浅予的神韵。头像下是梁白波的落款 Bon。与心上人避居南京，过着理想的 Bohemian 生活的她，不再是一颗炸弹，而是 Bon，法文"好"的意思。

　　梁白波脱颖而出，成为当时漫画界唯一的女漫画家。她和叶浅予志趣相投，相濡以沫，在创作上又相互启发和激励，这段同居生活，他们过得恬静而富有生气，非常惬意。

但对罗彩云来说，这却是段备受煎熬的日子。

逃避，是无奈的选择，也是最容易激发所逃避对象恨意的选择。罗彩云越是找不到他们，越是挖地三尺也要找到，并且不会让他们称心如意。

找不到叶浅予，罗彩云便向她父亲求助。罗父很快查到女婿的踪迹，带着女儿前往南京，跟叶浅予谈判。

罗彩云的父亲是有文化的人，见识也广，见到叶浅予后并未怒目相视，话也说得无懈可击。他说，现在是民国时代，离婚自由。不过，按照民国的法律，离婚时，叶浅予必须付给罗彩云一笔终身赡养费。至于具体的数目，罗父扒拉着桌上的算盘珠儿，一阵猛算，报出的数字，却是一笔叶浅予把自己卖了也付不起的巨款。

这样一来，他们就只能走第二条解决的路子。由叶浅予每月定期付给罗彩云生活费，且保持着罗彩云的妻子名分，二人分居。这个协议由律师做证，双方立下字据后就算生效。

叶浅予同意了。他脱离了原来的家庭，得以跟梁白波继续生活在一起。而他心爱的女人，他的知音、伴侣，则无名无分，只能称之为他的"情妇"。

艺术理想和凡俗生活的矛盾

天分高的人，易偏于孤傲。梁白波跟叶浅予在一起，首先是在艺术上互相欣赏。但她对其他人，则很少看得起。当代画家中，她只觉得少数几个人画得好。再加

梁白波水彩画作品

上她个性内向，轻易不跟人走得很近，又深受波西米亚生活方式的影响，有时会故意突出自己与众不同的一面，所以，白波的朋友不多，在跟叶浅予同居的那几年中，细细数来，几乎没有一个人算得上真正了解她的内心世界。

包括与她朝夕相处的爱人——叶浅予。

一个人桀骜不驯、特立独行，一半出自天性，一半受到周围环境的影响。身为女人，梁白波的天性中自有柔弱之处，无论她过去如何掀起惊涛骇浪，随着年岁的增长，经验的沉淀，到后来，还是有安定下来的渴望。梁白波跟叶浅予在一起，始终处于"情妇"的地位，身份尴尬，表面上还得保持着惯常的云淡风轻，内心深处却常常感到焦虑不安。

1938 年 8 月，日寇大举进攻上海，叶浅予联合张乐平、胡考等漫画家组成漫画宣传队，奔赴武汉。梁白波是这支队伍中唯一的女性。

起初，她的工作兴致还很高，可是战争的残酷，人生的莫测，使得梁白波越来越感到无所依傍。她已 27 岁，照旧式虚岁算法，她已 29 岁，这样一个年龄，依然站在婚姻之外，难免心绪复杂。从前她追求艺术式不落俗套的生活，她得到了；现在她渴望的是婚姻，一个恬淡的婚姻，一位名正言顺的丈夫。只要仍跟叶浅予在一起，这个愿望，断难实现。

她天天跟叶浅予在一起，却常常无端生出一种会失去他的恐慌。叶浅予白天忙工作，晚上跟她交流艺术，然而实际上，梁白波已在艺术理想和凡俗生活的矛盾中，濒临崩溃。

他们住在武昌昙华林，陆志庠也跟他们在一起。有一天，陆志庠的一位亲戚来昙华林看他，见到了梁白波。这位名叫陈恩杰的空军飞行员，风流倜傥，年轻有为，对梁白波颇有好感。

因缘际会，陈恩杰的出现，让厌透了艺术生活、情妇身份的梁白波看到了新生活的可能性。

这天晚上，叶浅予告诉梁白波，他得到一份美差，要到香港去监印《日寇暴行实录》一书。

"咱俩一起去！"叶浅予以为梁白波会为这一消息欣喜若狂。

出乎他的意料，梁白波断然拒绝，毫无转圜余地。

这一下子便撕开了他们之间的距离，更让叶浅予心痛的是，没过多久，梁白波离开了他，也离开了漫画队。

叶浅予无话可说。他没有资格要求一个他给不了名分的女人继续留在他的身边。

从此消失于画坛

离开叶浅予，离开漫画圈子的梁白波，从此消失在人们的视线中。不久后，梁白波和陈恩杰结婚，过上了普通女人相夫教子的平淡生活。

上海画坛人士再次见到梁白波，已是 1946 年。这一年秋天，梁白波回上海时，接到了文艺界某场舞会的邀请，翩然而来。

婚后的她，一直没有舍弃她心爱的画笔。她跟丈夫去了新疆，画了不少具有新疆风情的画。这次回来，她还住在北京路那所破旧的老房子中。她差不多已离开了艺术，艺术只能成为她的消遣。但她忘不了过去的一切，她也忘不了从前那些傲然行走于世的日子……从前她爱穿马裤戴贝雷帽，这一次，她干脆穿着土布袄裤，去看老友新朋。

梁白波坐在舞池边上，兴致勃勃地看着红男绿女们翩翩起舞。她穿着一件宽大的红棉袄，一条蓝印花布棉裤，在一群打扮得花枝招展的女明星中，显得格外特别。不认识她的人们，聚在一旁对于这位村姑打扮的人物，窃窃私语。梁白波却仿似回到从前，旁若无人，直到她看够了，意兴阑珊之时，才一个人悄然离开。

那是她对自己过往生涯的一次回望，之后还是要回到现实生活中去。

经验告诉她，艺术，不能带给她踏实的生活。

1949 年，梁白波随陈恩杰去了台湾。没过几年，她的婚姻，她所追求的安稳的生活却出了问题。他们离婚了。

她再次拿起画笔。离婚后的梁白波，从台南迁居到了台北，在朋友廖未林开办的陶艺厂中画瓶子。后来，她也给林海音主办的《联合报》画一点娱乐版面可用的插图。

婚姻破裂了，事业因中断数年而难以为继，身体状况很差。梁白波在台北台南间辗转，精神上也出了毛病。在写给林海音的信中，她说："……像我这种人，还是躲在家里比较好，因为在外面做事，我的应付和对付的手段，一点也谈不上呢……"

　　看完林海音的名作《城南旧事》，梁白波感想很多："我现在像一块又湿又烂的抹布，随随便便地摔在那儿，对女人来说，一失足成千古恨——我呀！我是在北平游山玩水那阵失了足的，我一看到你，就等于翻开自己的历史……"

　　最后一封信中，她写道："我在病中安静地想想自己的所作所为，实在是有许多有问题的地方，一个人能老是不做错事吗？过去的就算了，不必提了，看到你热热的信，免不了又想讲讲，如此而已。"

　　晚年精神分裂的梁白波，幽居于海边小屋，在狂乱中清算自己的一生。躲在家里也好，失足也好，她一生中最绚烂最难忘的，还是年轻时那段惊世骇俗的经历。

　　何谓艺术？何谓生活？两者是矛与盾，只会相抵相克互毁互损吗？

　　无论如何，作为一名天分颇高的艺术家，在矛盾中徘徊纠结的梁白波，始终没有尽情挥洒她的才华，犹如流星划过漆黑的夜空，灿烂夺目，却转瞬即逝。

白薇:

1894 年生于湖南资兴县一乡绅家庭。原名黄鹂,又名黄彰、黄素如。1918 年逃婚至日本。

· 李登高:

白薇的丈夫,文盲。

· 杨骚:

1900 年生于福建漳州,诗人、作家。与白薇在日本相识相恋。

二
白薇
废墟上开出寂寞花

> 她积蓄了一生的爱情，都要倾注在杨骚身上。杨骚已不仅仅是她的爱人，还是她一切的寄托，是力量的源泉，是她活着的全部意义。她有一腔的爱，却不大懂得相处的艺术。
>
> 而杨骚，他爱着白薇，却有些茫然，因此显得有些消极。这样的消极，又从另一方面刺激了白薇的自尊。

初相遇

1923 年夏天，在日本东京府下源兵卫的一家破板屋后楼，杨骚拜访了白薇。

这一年杨骚 23 岁，白薇 29 岁。他们促膝交谈，同病相怜，引为知己，只是不谈爱情。

准确地说，不谈爱情的人，是杨骚。

杨骚正爱着凌琴如，而凌琴如的哥哥凌璧如，则让白薇饱尝了爱而不成的痛苦……

往事不堪回首

白薇，原名黄鹂，又名黄彰、黄素如，1894 年生于湖南资兴县山乡一个没落守旧的乡绅家庭。七岁这年，白薇与母亲一道看戏，被媒婆发现，让远近闻名的一名寡妇去看。寡妇有个遗腹子李登高，落地起就被母亲宠溺娇惯。一心为儿子考虑的李母，偏巧一眼看中了小白薇。在媒婆撮合下，她请这对母女吃了一顿肉汁面。就这样，一场戏，一碗面，敲定了白薇的终身大事，也为她一生的命运泼下浓重的悲剧底色。

白薇的父亲黄晦，虽然在日本留过学，加入过同盟会，参加过辛亥革命，还曾在地方上兴办过教育，但他并不是一个真正的新派人物。由于家道中落，黄晦越发重视自家礼教名家的声名。强势的妻子将女儿许给李家，对他来说，这件事就决定了，再做更改，就是麻烦，是大逆不道。

16 岁那年，李家逼婚。白薇早已知道婆婆是远近闻名的恶寡妇，而她所谓的丈夫李登高，被寡母惯得粗蛮无礼，是一个人人皆知的浑蛋。白薇跪在父母面前，苦苦哀求他们退了这门亲事。父亲黄晦却铁青着脸说："遵从父母之命是几千年的祖训，祖宗之法不可违。"

16 岁的白薇，就这样嫁给了大字不识一个的李登高。从此，白薇与书本绝缘，李家则多了一名劳力，婆婆干脆辞掉长工、短工，让这名没带来多少嫁妆的媳妇去干。山乡人家，见不得女人看书，婆婆给白薇安排了许多活，种地、喂猪、挑水……

白薇

家里家外的活，她一个人干。

　　至于她丈夫，这名由寡母一手带大的遗腹子，早就是李母的私人物品，他是她的儿子、她的拳脚、她的同伙，无论如何，李登高都算不上一名独立的男子。

　　这样一个缺乏为人丈夫资格的人，不可能给可怜的白薇带来一丝慰藉和关怀，只会为虎作伥，恶中生恶。有一次，他夹着白薇的手脚，婆婆咬断了白薇的脚筋，两人还偷偷商议，要把白薇卖了，重新娶个媳妇。

　　白薇急了，跑去向舅舅求救。几经辗转，她进了衡阳湖南省立第三女子师范学校当了一名插班生，暂时逃离苦海。之后和妹妹一起转入湖南省立第一女子师范学校。

　　然而婆家母子俩绝非善类，白薇的父亲又将礼教名家的虚名看得比女儿的命还重，于是，在白薇从湖南省立第一女子师范学校毕业前夕，父亲赶到省城学校里，买通校内教职员守着白薇，严防她逃跑，白薇再次面临被带回家乡，重新落入火坑的命运。

幸运的是，这一次，白薇有同学帮忙。她穿着一件夏布衣，口袋里装着六块银元，逃上了长沙开往汉口的轮船，然后由上海去了日本横滨。

这一年是 1918 年。身上只剩两角钱的白薇，写了封挂号信，请友人的姐姐接她去东京。她做女佣、卖水、挑码头，苦苦劳作，直到长沙一师的马校长来信寄给她一些钱，白薇的日子才好过了些，从此开始了她的留学生涯。

这一年，她把自己的名字改为白薇。

激情燃尽空余恨

1923 年 9 月 1 日，东京发生了里氏 8.3 级大地震，其袭击范围之广，受害面积之大，死亡人数之多，都是日本历史上罕见的。由于地震发生时正是中午，东京等地市民正忙着做饭，许多人家炉火正旺，大地震袭来，炉倒灶翻，火星四溅，火焰乱飞。东京人口稠密，房屋多为木结构，地震又将煤气管道破坏，煤气四溢，遇火即燃。居民的炉灶提供了火源，煤气、木结构房屋又是上好的"燃料"，几种因素的组合，使东京等地变成一片火海。

本来火势就难以控制，可是地震带来的冲击波又在这一地区激起了巨大的狂风，风助火势越烧越烈。关东大地震时间并不长，可是地震后的大火却一连烧了三天三夜，直烧得天昏地暗，直到将火场内所有的东西都化为灰烬为止。

杨骚 20 年代日本留学留影

白薇

劫后幸存的一些中国留学生回到了上海。其中一名是杨骚，同行的还有凌璧如、凌琴如兄妹和张万涛等人。在上海，他们这群人又遇到了先前返国省亲的也在日本留学的钱歌川，于是大家同游杭州西湖。

凌琴如只有 18 岁，在东京主修声乐，兼修钢琴。杨骚的小提琴与凌琴如的女高音珠联璧合，相得益彰，两人的关系非常好，尤其是杨骚，谁都看得出他对凌琴如的痴情。在东京时，他曾频频来到凌琴如的窗下，把一首首饱含激情和爱恋的曲子，献给心上人。

"杨骚真是疯了。"凌璧如的恋人张万涛曾如此感慨。

他是疯了。他的诗情和艺术天赋，他的疯狂，足以打动少女的芳心。但这不代表他能赢得凌琴如的爱情。杨骚有竞争对手，追求凌琴如的，还有一位钱歌川。

几个人饱览了西湖美景后，钱歌川约凌琴如先行回东京恢复学业。这里面的意思再明显不过，凌琴如若是答应钱歌川的邀请，就是选择对方作为她的人生伴侣。

哥哥凌璧如安排凌琴如和钱歌川、杨骚三个人当面商量。

狭路相逢勇者胜，此话也适合情场角逐。然而，涉及婚姻和终身归宿，疯狂的爱恋，狂野的情人，虽使人动容动情，却也叫人害怕、不安。

凌琴如选择与钱歌川先回了东京。

杨骚失恋了。

不久以后，杨骚与凌璧如、张万涛也分别回了东京。

就这样，东京一场地震，一场大火，留给杨骚的是无法排解的懊恼和痛苦。

与他一样被爱情折磨的，还有白薇。白薇筹划着留日学生赈灾义演时公演她写的处女作话剧《苏斐》。她主动去找凌璧如担任男主角华宁，自己则饰演女主角苏斐。凌璧如答应了，他后来说过："她的吩咐我总是乐于接受，从不逃避的。"但这并不代表什么，凌璧如有自己理想的爱人，有他坚定的选择。白薇的爱恋，注定是一场无望的单相思。

废墟上的奇花与嫩苗

1924 年初夏，震后重建的东京，已展露新颜。朋友们撮合杨骚与白薇交往。

杨骚告诉白薇，他是福建漳州人，从小就过继给堂叔抚养。养父是前清举人，喜欢游山玩水，寻访古迹，他也颇受养父影响，省立第八中学毕业后就东渡日本留学。杨骚的生父家境贫困，以卖生面条为生，对于这一事实，杨骚感到非常痛苦。

白薇看着年轻她六岁的杨骚，后者英俊的面孔上，是藏不住的忧郁。汩汩柔情涌上白薇的心头——母性的怜爱和异性相吸的爱慕，形成一股强大的力量，她想去安抚杨骚。

只有经历过不幸的人，才能体味到杨骚内心深处的自卑和矛盾。

她的童年，何尝没有经受过自卑和矛盾的煎熬？出身礼教名家，却家道中落，自幼就要承担沉重的家务，稍大点就要下田劳作，还要纺织、绣花。最可怕的是，她还定了那样一门亲……

故国往事，若远若近。杨骚虽然羞愧于生父的贫贱，为之自卑、抑郁，却又非

白薇

杨骚

常同情贫苦的父母兄弟。每次看到那些憔悴可怜的身影，杨骚都忍不住偷偷地哭红眼睛。

一个阴郁的、爱哭的男孩，一个刚刚遭受过失恋打击的男人。在花香满径的公园里，清风拂过，坐在白薇身边，杨骚却肯把自己的心事毫无保留地向白薇倾吐。

"要做人，总得和种种悲惨痛苦的环境做战斗，世上没有理想的生活等着人们去享受。只有从艰苦中挣扎出来的生活，才是真实的人生。"

白薇劝慰杨骚，也是在说给自己听。对她来说，杨骚是故人，看到杨骚，就像看到从前的自己。

没有比被人懂得更让人欣慰了，哪怕只是一瞬间的懂得。杨骚被白薇打动了。

"我爱你的心、灵、影，爱你那艰苦奋斗的个性。因此，我的心灵也完全交给了你。你是我在这世上寻来找去的最理想的女子。"他轻声表白，忐忑不安，不知是为表错了情，还是为选错了时机。

眼前的白薇美得像仙女，凌琴如的影子却从杨骚心头掠过。

"你爱我吗？"他的声音低得几乎听不见。

"我爱你，你是我发现的最清新、最纯洁、不带俗气的男性。"白薇哭了，她终于遇到一个值得她留恋的爱人。

几年前，家乡传来四妹被迫出嫁的悲惨消息，白薇写了二十多封信给父亲，据理力争，父亲回信痛骂了她，说她是大逆不道的孽种，从此与她一刀两断。白薇对那个家庭并不留恋，但她被父亲、被亲情彻底抛弃，这样的结果，依然让她痛苦万分。

而她对凌璧如的单恋，落花有意，流水无情，更让她在异国他乡倍感忧伤、孤寂。

她比任何人都更需要人情的温暖，尤其是爱情的抚慰。杨骚，杨骚，从此后，她要把这个名字刻在骨头里，她积蓄了一生的爱情，都要倾注在杨骚身上。

东京古树林里，绿树如海。两颗破碎的心，两个同样寂寞而狂热的灵魂，就这样碰撞交织在了一起。薄雾清凉，鸟鸣幽幽，初夏的风景，美得像一场梦。白薇和杨骚的爱情，也像梦一般，感情急剧升温，如火如荼。

白薇一秒钟也不能停止爱杨骚，一分钟也不能忘记让爱人明白她对他炽热的感情。"我以为一天有他，我的精神就是活的，我的力量会十倍地充实起来"。

杨骚已不仅仅是她的爱人，还是她一切的寄托，是力量的源泉，是她活着的全部意义。

现在她不需要去了解杨骚了，她只要杨骚了解她，了解她对他的感情。

过去的经历，扼杀了她所有的情感，却又使那些情感化为肥料，于废墟中滋长出一朵美艳无比的花朵，骄阳冰霜狂风暴雨都无法阻挡它的盛开。

杨骚的情感世界也是一片废墟，从前他对凌琴如炽热狂野的爱情，耗尽了他的精力，此时的他，像一株小苗，需要爱情的滋润，需要和风细雨，需要温柔的阳光和涓涓细流的灌溉。

他不是不爱白薇，只是，他还没做好迎接这场强烈的近乎疯狂的爱情的准备。

1925 年 2 月，杨骚不告而别。

千山万水情难弃

杨骚去了哪里？

数日后，白薇得到了答案。

十二分对不起你，没有和你告别。

……

莫伤心，莫悲戚，莫爱你这个不可爱的弟弟。

……

我永远记着你，思慕你，但我不能在你面前说假话了。我永远记着 A 妹，永远爱着 A 妹。这次到了下关，搭船过门司的时候，在船中眼角偶然瞥见一位穿红衣服的人，我的心不知如何便跳动起来了，啊，红衣服哟！黑眼睛哟！A 妹哟！无论你如何伤着我的心，我还是爱你！

……

信是杨骚从杭州寄出的。A 妹，指的就是凌琴如。白薇又吃醋又伤心，做出了一个不顾一切的决定：立刻回国，去杭州，去找杨骚。

去国多年，当初是为了逃婚，从长沙到上海，再从上海到日本横滨，到东京。如今，她回来了，回来是为了追爱，从东京到杭州，在西湖葛岭，白薇找到了杨骚。

他受不了她令人窒息的爱情，所以逃。

她的爱火烧得正旺，一颗芳心，一旦寻到寄托，千山万水也会追随。

一个逃，一个追。一个冷淡如水，一个滚烫如火。水浇不熄火，火也烧不滚水。杨骚声称三年以后再见，扔下她就回了漳州老家。白薇贫病交加，连回日本的路费都没有，只能留在葛岭。

白薇把恋爱的苦痛和心的呼声，倾注笔端，写出诗剧《琳丽》，卖了以后返回日本。

这是她和杨骚的第一次分离，或者说分手。

白薇从未考虑过放弃这段感情，无论杨骚在漳州小城，还是在新加坡道南小学，也无论白薇身在东京，还是回到中国，她的信总是不依不饶地追赶着杨骚。她对他的思念，缕缕不绝，刻骨铭心。同样的，她对凌琴如的醋意，也浸透了信纸。

假如没有凌琴如，杨骚会离开她么？假如杨骚从未忘记过凌琴如，又为何要向她求爱？难道他们在一起时，那深情的眼睛，那为了她要更加努力的誓言，都是虚幻的梦境吗？

我常想起我对于你的爱，便是魂消血化地展开想死的心花。昨晚回来，愉快而想死的意识，恨不得立刻死了就好，不死是我的弱！不死完全是我的弱！！！

我这回只是为了爱而生的，不但我本身是爱，恐怕我死后，我冷冰冰的那一块青石墓碑，也只是一团晶莹的爱。离开爱还有什么生命？离开爱能创造血与泪的艺术吗？

要爱。要死。这是抒情，还是呐喊？这是情书，还是日记？也许原本就没什么区别。反正她要倾诉，她的感情，必须有一个发泄口。

杨骚回信说：

我是爱你的呵！信我，我最最爱的女子就是你，你记着！但我要去经验过一百女人，然后疲惫残伤，憔悴得像一株从病室里搬出来的杨柳，永远倒在你怀中！你等着，三年后我一定来找你！

不到三年，1927 年 10 月，杨骚回到上海，重新出现在白薇面前。

久别重逢，爱恨交加。恨是真的，爱也是真的。

她恨他的不告而别冷漠无情，恨他心有旁骛，恨他说过的每一句绝情话。

但她没有办法不爱他。杨骚像初恋时那样，常常来到白薇的住所，温柔地对待她，告诉她自己在南洋的种种不如意，求她恢复他们的恋爱关系。这一切，难道不是他爱她的证明吗？

毫无悬念地，白薇跟杨骚重归于好。

毫无悬念地还有，杨骚确实像一株病杨柳，他还将性病传给了白薇。

昨日之日不可留

她能原谅他吗？难。但她会继续接受他。

身体的病痛，感情上的痛苦，都让白薇的情绪变化无常。

你伤了我的心，你不理解我的心有多痛。这是她常常挂在嘴边的话。

疯狂，爱死，哭泣，是她最常流露出的情绪。

杨骚的热情也没了。

不待说我有若干性格不能使你满足，你也有不少的性格使我不高兴，这是无可奈何的。大家如能忍耐相处就好，不能便也就分手算了。

……

你常以人家不理解你为口实，而哭而想离，而自己伤心。我劝你不要这样！人这个动物，的确是很难互相理解的。试问你自己能理解人至何种程度，自己的委屈也就会释然于心了。

平心而论，杨骚的指责并非毫无道理。只是，白薇太敏感、任性、认真，她有一腔的爱，却不大懂得相处的艺术。而杨骚，他爱着白薇，却有些茫然，因此显得有些消极。这样的消极，又从另一方面刺激了白薇的自尊。

1930年，凌琴如和钱歌川来到上海，始终盘踞在白薇心头的妒意，变成了恨意。

她几乎能背出杨骚所说、所写的那些赞美凌琴如的话，她也知道，杨骚心里总有凌琴如。如今，这一切都像毒蛇一样，时时吐出信子，刺激着白薇。

有一天，她发现杨骚独居的房间里有淡淡的香水味。她知道，这个像云一样飘来飘去的男人，又跟其他女人有染了。是谁？是谁？白薇的大脑一片空白，立刻跑到凌琴如家发难，随后又对杨骚口诛笔伐。

白薇

杨骚承受不住，也解释不清，走，是最简单的办法。

白薇怕了。

"亲爱的维弟我的爱！你做梦也梦不到我于你的情深深似海。风萧雨凄凄，心，寂寞！想你，我只是想你，恨不得拿把利刀，从我心肠最痛处一刀刺死了事。愚？恋？狂？"

她是愚，因为她渴望得到杨骚所有的感情。

她是恋，因为她的生命实在寂寞，唯有爱情才能赶走孤寂。

她是狂，为这样一份爱情，她爱得死去活来。

白薇和杨骚在一起的这几年，就是这样分分合合，既爱又恨，波峰浪谷，跌宕起伏。唯一欠缺的，大概就是平缓温和的涓涓细流。

白薇渐渐明白，她想要的爱情，是与杨骚灵魂上的结合，而杨骚爱情的最终目的，则是性。

回想相识交往以来的点点滴滴，每当白薇的身心陷入崩溃边缘时，杨骚总是避之不及。甚至可以说，每一次，杨骚都充当了使她陷入崩溃的推手。

她的感情再度寄托在文学上，除了《琳丽》，她还写出了波澜壮阔的社会悲剧《打出幽灵塔》，写了独幕剧《革命神受难》以及由此改编的多幕剧《乐土》，还有长篇小说《炸弹与征鸟》等作品。

《打出幽灵塔》，描写了第一场革命战争时，一个土豪家庭的分裂。这部剧像易卜生的《娜拉》一样，向在家庭中做傀儡的不幸的妇女们发出赶快觉醒的呼唤。鲁迅将白薇的这部作品刊登在《奔流》创刊号上，白薇的名字与郁达夫、柔石、冯雪峰并列，从而成了当时文坛上的一流人物。

1933 年，白薇把她和杨骚的近二十万字的情书结集出版，命名为《昨夜》。白薇在《序诗》中写道："辛克莱在他《屠场》里借马利亚的口说：'人到穷苦无法时，什么东西都会卖。'像忘记前世的人生将忘记这一切，割断了的爱情，虽用接木法也不能接，过去的一切如幻影，一切已消灭。""出卖情书，极端无聊心酸。和《屠场》里的强健勇敢奋斗的马利亚，为着穷困到极点去卖青春的无聊心酸！"

取名"昨夜"，大概意为"弃我去者，昨日之日不可留"。以白薇的个性，尽管当时她与杨骚都非常穷困，但若感情仍有一丝希望，她都不会用这种决绝的姿态，将她情感的最隐秘处公之于众。

她是真的精疲力竭了。贫困，疾病，感情上的纠葛，创作上的劳累，以及因她成名而引发的谣言、流言，将白薇彻底拖垮。1935年，白薇和杨骚长达十余年的爱情，画上了句号。

花落情尽缘未了

1940年，白薇和其他流亡在重庆的作家聚在南温泉。因为种种原因，旧病加上营养不良，白薇病倒了。

杨骚也在重庆，得知这一消息，他来了。时隔五年，杨骚已40岁，白薇46岁，看到曾爱过的女人，因为自己的原因身患重病，杨骚生出忏悔之心。他们都不再年轻，他们最好的年华，交付给了对方，无论痛苦还是欢乐，都成过往。杨骚悉心照料了白薇七天七夜，他求白薇跟他重新开始，让他好好来爱她。

朋友们也希望他们能握手言欢，重归于好。

白薇却对杨骚的爱情心有余悸。她觉得她已看透了这个男人，杨骚对她的好，并非爱情，并非她所渴望的灵魂的结合，而是带着点怜悯的性质。

她怎能相信一个与她相处十多年，将她的爱情、健康全部毁掉的男人会真正地对她好？

七天后，白薇能起床了，她扶着拐棍，拖着病弱的身子回到自己的小屋，将杨骚挡在了门外。

哀莫大于心死。

白薇在长篇自传《悲剧生涯》中总结过，这场爱情的结果，是她终于承认了自己的完全孤独。

然而这一回，她再次误读了杨骚。

被白薇拒绝后，杨骚于 1941 年受命出国，在新加坡《民潮》杂志工作期间，杨骚的工资是 67 块，但他每月汇 50 元给病中的白薇。白薇的心冷了，硬了，依然拒绝与杨骚修好。直到杨骚 1944 年夏天与当地华侨陈仁娘结婚之后，白薇的心情才平复下来，她写信给杨骚，希望重续前缘，恢复关系，可惜，这位与她纠缠了小半生的男人，已成了别人的丈夫。

白薇再没爱过任何人。她曾痛楚地说："'白薇'这个名字，含尽女性无穷无尽的悲味。""假如我没有信念，我早会被生活逼成一个疯子！""这样死了，我是不甘心的。"

白薇的生活，没有了爱情，只有病痛、贫困。她含着泪水，不停写作，思想和体力却不听使唤。她手上写着文章，心里盘算着要还的债，谋生干活时，心里又想着看书读报和未写的文章。由于经历和性格上的原因，加上时代变化，白薇对政治和生活不熟悉，写的和发表的文章很少，她渐渐放弃了写作，越来越否定自己生命的存在……

1987 年 8 月 27 日，在寂寞中挣扎了一辈子的凄凉老人白薇，以 93 岁高龄，孤独地走完了她人生的最后一程。

·萧红：

1911 年 6 月 2 日，生于黑龙
江省呼兰县一个地主家庭。原名张
迺莹，作家，代表作有《呼兰河传》等。

·汪恩甲：

曾与萧红订婚，后解除婚约。

·萧军：

1907 年生于辽宁，原名刘鸿霖，
笔名三郎、萧军等。1932 年 7 月代
表《国际协报》去探望被困在旅馆
的萧红，自此两人相识相恋。

·端木蕻良：

1912 年 9 月出生，满族，原
名曹汉文、曹京平，辽宁人。1938
年 5 月与萧红结婚。

三
萧红

女性的天空

她只是想抓住爱，活着，活下去，才有新的希望、新的开始。

她所遇到的男人，萧军和端木，他们都爱过或依然爱着她。

她也爱过他们，但她所需要的爱，平凡、深刻、丰富，在那

样的现实环境中，没人能给予，或者说，没人能一直给予。

漂泊的起点

旧时观念重男轻女，出生于端午节又是不祥之兆。这两点，萧红都摊上了。9岁那年，萧红的母亲去世，三个月后，继母进门，萧红和弟弟开始和祖父同住。祖父教她唐诗宋词，支持她上学读书，欣赏她画的画……祖父的溺爱，父亲的冷漠，形成了萧红既依赖又独立、既骄傲任性又敏感自卑的复杂性格。

父亲张廷举从来就不喜欢这个女儿，续弦之后，他对日渐不驯的萧红更加反感。1927 年，张廷举给她和吉林师范毕业的汪恩甲订了婚。1930 年春天，萧红的祖父

萧红

去世，趁着女儿回家奔丧，张廷举与第一女中的校长串通好，取消了萧红的学籍，好让她和汪恩甲尽快完婚。

萧红和汪恩甲的关系最初还不错，接触之后，萧红发现未婚夫有不少恶习，这使她深为不满，便跟父亲提出解除婚约的要求，结果自然是未能如愿。

在哈尔滨念书时，萧红邂逅了支持她追求新生活的表哥陆振舜。在与未婚夫成婚和跟已婚的表哥去北平读书之间，萧红几经权衡，选择了后者。

这一选择，是对命运的抗争，是无奈中的选择，也是萧红颠沛流离生涯的起点。

陆家中断了给陆振舜的经济供给。萧红的父亲被省教育厅以教子无方为名解除了教育厅秘书一职，调巴彦县任教育局督学。呼兰县的张家子弟受不了舆论压力，纷纷转学离开呼兰。同时，未婚夫的哥哥汪恩厚也因此事，逼迫弟弟与萧红分手。

萧红的第一次出走，终止于1931年初。陷入经济绝境的萧红，从北京辍学回来了。

父亲和继母对她非常厌憎，弟弟妹妹们也疏远着她，关于她的"逃婚"、与表哥的"同居"、与汪家对簿公堂以正名声的举动，都使她在那个封闭的小世界里形同怪物。

对于他们来说，更"怪"的事情还在后头。这年秋天，萧红的叔叔伯伯为了地租和削减长工工资，与农民发生了激烈冲突。萧红试图说服长辈们放弃那些主张，她的"出格言论"震怒了族人，伯伯将她毒打一顿后，锁在空屋里，又派人给张廷举拍了一封电报，让他赶回来，把萧红勒死埋掉，以除后患。

一个婶婶同情萧红的境遇，偷偷把她放走了。萧红逃出家后，张廷举立刻将她开除了族籍，永远切断了女儿回家的路。

汪洋中的一条船

在哈尔滨流浪了一个多月，走投无路之时，萧红再次遇到汪恩甲。已经解除婚约的未婚夫，一方面许诺愿意帮她继续求学，一方面要求跟她同居。

萧红同意了，委身于她曾拼命放弃的这个男人。因为她要活下去，活下去，才有希望。

1932年春节，汪恩甲回乡过年，萧红一个人留在旅馆，深感上当受骗。她变卖了物品，再次前往北平，希望得到表哥同学的帮助，继续读书。3月，求学无望，汪恩甲又追到北平，苦求她回哈尔滨，并拿出一笔钱，表示以后会设法让她读书。

萧红妥协了，跟着这个她既不喜欢又不信任的男人，再次回到哈尔滨，在东兴顺旅馆同居。

她没有经济来源，就像小鸟张不开翅膀，高高的天空，望得见，却飞不上去。

萧红指望汪恩甲能改善她的处境，但这个男人已丢了工作，跟她一样没有经济独立能力。

汪恩甲靠的是家庭的供给。当母亲知道儿子仍跟"名声不好"的萧红在一起之后，立刻断绝了经济资助。1932 年 5 月下旬，坐吃山空的萧红和汪恩甲，已欠下旅馆600 多元的食宿费。就在这时，汪恩甲的舅舅在执行任务时被暗探抓获，汪恩甲一方面受母命探寻舅舅的下落，一方面也想回家筹钱，于是把身怀六甲的萧红留在旅馆，只身回家。

这一次，汪恩甲一去不返，永远地消失了。

独自留在旅馆的萧红，身躯日渐沉重。她被旅馆老板赶到库房中软禁起来，除了天天向她索债，还偷偷商议要将她卖到妓院抵债。绝望之际，萧红给哈尔滨《国际协报》副刊写了一封求救信。

7 月 12 日，主编裴馨园读过萧红的求救信后，派笔名三郎的萧军去旅馆看看情况是否属实。

萧军的到来，使萧红异常惊喜。她没想到那封信会在《国际协报》编辑部引起反响，而来者身上那种无畏的、豪爽的英气，使她不由产生了信赖的感觉。他们没说什么客套话，很快毫无顾忌地倾谈起来。

萧红尽情倾吐她悲惨的身世、不幸的遭遇、痛苦、屈辱，以及对生活美好的憧憬和追求。萧军越听越震撼，无意间，他的目光落在桌上的一张纸上，那上面写着一首诗：

这边树叶绿了，那边清溪唱着……

——姑娘啊！春天到了……

去年在北平，正是吃着青杏的时候；

今年我的命运，比青杏还酸！

萧红与萧军

这首诗如同一道闪电，照亮了萧军眼前的世界。萧红是憔悴的、苍白的，怀孕的身体裹着一件已经变灰的蓝长衫，赤着脚，拖了一双变了形的女鞋。然而那苍白的脸是美丽的，那双大眼睛，莹然澄澈，属于一颗闪亮的灵魂。

"这时候，我似乎感到世界在变了，季节在变了，人在变了，当时我认为我的思想和感情也在变了……出现在我面前的是我认识过的女性中最美丽的人！也可能是世界上最美丽的人！"

萧军暗暗发誓，要不惜一切牺牲和代价，拯救这位不幸落难的才女。他将自己兜里仅有的五角钱留给她，又给她写下了自己的地址，连夜向老裴汇报去了。

8月来了。哈尔滨连降大雨，松花江决堤，道外一片汪洋。东兴顺旅馆的老板逃命去了，只剩下一个茶房看门。混乱之际，萧红搭上一条救生船，找到了萧军住的地方。两个情投意合的年轻人，决定从此生活在一起，永不分离。

不久，萧红产下一女，送给了别人。她和萧军则开始了患难中艰苦而甜蜜的新生活。

看上去很美的爱情

开端即结局。

从某种意义上来说，萧红的命，是萧军救下来的。而接纳怀着别人孩子的萧红，在萧军看来，就是对一个女人最高形式的爱情。这样的开端，加上萧军的大男子主义和粗犷性格，注定了他在萧红面前始终以救世主和保护人自居。

起初萧红是满意的，尽管生活艰难，两个人常常挨饿，但她的心情是舒畅的。对彼此的爱恋支撑着她和萧军，他们总是努力设法去改变现状。

1933 年秋天，两人已共同生活了整整一年，在朋友们的帮助下，他们自费合印了第一部作品集《跋涉》。

由于文章的内容触犯到某些敏感神经，书送到书店没几天，就被日伪文化特务机关禁止发售，强行没收了。

萧军意识到待在哈尔滨已有危险，带着萧红于 1934 年 6 月来到海滨城市青岛。两人爱恋依旧，感情日渐深厚。在青岛，萧红完成了她的长篇小说《生死场》。

由于他们的朋友相继被捕，二萧又流亡到上海。在鲁迅先生的引导下，他们开始走入上海文坛。

1935 年 12 月，在鲁迅的帮助下，萧红的成名作《生死场》作为"奴隶丛书"

萧红

萧军

之一，由上海容光书局出版。在出版序言中，鲁迅盛赞萧红："北方人民对于生的坚强，对于死的挣扎，却往往已经力透纸背；女性作者的细致的观察和越轨的笔触，又增加了不少明丽和新鲜。"

1935 年和 1936 年，萧红在上海文坛日益崛起，创作了许多作品。同样以《八月的乡村》受到文坛瞩目的萧军，与她之间的感情却出现了裂痕。

随着作品的问世、接触面的拓宽，萧红渐渐发现了自身的价值。萧军对此却浑然不觉。两人一起外出时，总是一前一后，萧军在前面大步走，萧红在后面跟着。萧军脾气暴躁，两人发生冲突时，有时甚至会动手打萧红。

萧军后来解释道："我从来没有把她作为'大人'或'妻子'那样看待和要求的，一直把她作为一个孩子——一个孤苦伶仃、受苦多病的孩子来对待的……由于我对于像一个孩子似的她保护惯了，而我也习惯于以一个'保护人'自居，这使我感到光荣和骄傲。"

萧军性格如此，思维方式如此，而萧红的感情又特别细腻、脆弱、敏感。因此，每次争吵，都会在萧红心上划下一道深深的伤口，旧伤未愈，又添新伤。更让萧红受不了的是，萧军在感情上有了外遇。

1936 年 7 月 17 日，萧红与萧军分别，只身东渡日本，名为休养，实为逃避感情上的痛苦。她在一组名为《苦杯》的诗中倾诉了内心的哀伤：

萧红与黄源（左）、萧军（中）合影

说什么爱情，

说什么受难者共同走尽患难之路程！

都成了昨夜的梦，

昨夜的明灯。

——《苦杯·十一》

　　她依然爱着萧军，爱着这个将她从困境中解救出来的男人，但她越来越难接受两人之间的相处方式。她不想要对方将她视为弱小者的保护，她要的是平等、欣赏的目光，她要尊重和体贴，以及完完全全的忠实。

　　1937 年 1 月，萧红回国，经过一番离别，她和萧军的感情有了一些改善，但在思想认识上又发生了分歧。

　　萧军想从军，萧红反对道："你总是这样不听别人的劝告，该固执的你固执，不该固执的你也固执……你去打游击吗？那不会比一个真正的游击队员价值更大一些……"

"人总是一样的。生命的价值也是一样的。战线上死的人不一定全是愚蠢的……"

"你简直……忘了'各尽所能'这宝贵的言语；也忘了自己的岗位，简直是胡来！……"

"我什么全没忘。我们还是各自走自己要走的路罢了，万一我死不了——我想我不会死的——我们再见，那时候也还是乐意在一起就在一起，不然就永远分开……"

桥头明月桥下水

1937年夏天，《七月》杂志筹备会在上海召开。萧红认识了端木蕻良。

端木身材瘦高，穿着洋气，说话和风细雨，性格内向、孤傲，文质彬彬，与萧军的粗犷、好强、豪放、野气形成鲜明对比。几个人在一起争论问题时，端木一般都站在萧红一边。

他对萧红，仰慕且同情。他仰慕萧红的才华和文学成就，同情萧红在萧军面前总是处于弱势地位。

最让萧红感到欣慰的是，端木赞美她的作品超过了萧军的成就。

过去，只有鲁迅等前辈赏识萧红的才华，萧军嘴上不说，心里是不服气的，其他朋友也是如此。因此，端木对萧红文学成就的赞赏，就有了特殊的意义。

如果说她在萧军面前有附庸、屈辱之感，在端木面前，萧红则找到了尊严。

8月，端木前往武汉，与萧红萧军等人同住在武昌小金龙巷，创办了《七月》杂志。不久，萧红萧军搬走了，但还是常常过来。

有一次，萧红独自来了，见到毛笔、墨盒和纸，高兴地铺在桌上又写又画起来。端木小时候也学过画，两人就谈论了一些对画的看法。谈得晚了，端木留萧红在家吃饭，要请她尝尝他下面条的手艺。萧红看看窗外："今晚月亮那么好，还是出去吃吧，我请客。"

两人在江边一处小馆子里拣了靠窗的桌子坐下，要了两个菜和零吃，边吃边谈，从手头写的文章到各自的理想……

这顿饭吃了足足两个小时，两人才离开小饭馆，慢慢往回走。路过一座小桥时，萧红停住了，她站在桥上看了会儿月亮，倚着栏杆轻声念道："桥头载明月，同观桥下水——"诗没念完，她却停住了，沉浸在某种情绪中。

端木说："不早了，咱们回去吧。"萧红说："好吧！"便挽着端木的胳膊往回走。走到小金龙巷口，萧红和端木说了声"再见！"便转身回去了。

有时端木不在，回来后才发现萧红来过，旧报纸上是她练过的毛笔字："君知妾有夫，赠妾双明珠。感君明珠双泪垂，恨不相逢未嫁时。"最后一句重复练习了好几行。

萧军也常来，提起毛笔在纸上挥挥洒洒地练字写诗，有一次大家都在，萧军边题诗边念出声来："瓜田不纳履，李下不整冠。叔嫂不亲授，君子防未然。"还写了"人未婚宦，情欲失半"八个字。

萧红

萧红

萧红见了，笑道："你写的啥呀？你的字太不美了，没一点文人气！"萧军瞪了她一眼："我并不觉得文人气有什么好！"

"文人气"指的是端木。萧军已感到萧红感情上的变化，她的心，已渐渐从萧军移向了端木。

1938年2月，由于战局变化，萧红、端木等人随"西北战地服务团"到西安，萧军没有同行，因为他已准备弃文从军，直接参加抗日部队打游击。二萧在临汾冷静、理智地分手了。此时，萧红肚子里已怀了萧军的孩子。

萧军说："她单纯、醇厚、倔犟、有才能，我爱她。但她不是妻子，尤其不是我的！我爱她，就是说我可以迁就。不过这是痛苦的，她也会痛苦，但是如果她不先说和我分手，我们永远是夫妇，我决不先抛弃她！"

二萧分手了，从此再也没有见过面。

1938年5月，端木和萧红在武汉的大同酒家举行了简单的婚宴。

只想和端木过最正常的生活

在朋友们眼中，二萧是一对佳侣。他们无法接受萧红跟端木蕻良在一起。在他们笔下，端木变成了无名氏，或用字母或某君代替。

端木的母亲和亲友也都不赞成。母亲认为萧红不吉利，她不希望从小娇生惯养的小儿子，和一名先后与两个男人同居的女人结婚。端木不管这些，他爱萧红，愿意接受萧红的一切。

1938 年 8 月，武汉遭遇大轰炸。罗烽、白朗和他们的母亲在武汉，要买船票去重庆，萧红让端木去找罗烽，托罗烽在买船票的时候，也帮他们买两张，大家一起走。

第一次，罗烽只买到两张船票，白朗和老太太先走。几天后，罗烽又买到两张船票。这一次，他让端木和萧红先走，他一个人好办。萧红不同意，她说白朗和老太太已到重庆，正等着他去照顾，怎能让他留下来呢？端木也同意妻子的观点，要萧红和罗烽先走。

萧红对端木说："你和罗烽先走吧，我肚子这么大，和他一起走，万一有点什么事，他也不好照顾我。倒是你，要是我走了，你一人留在这儿，我还真有点不放心呢。"

端木说："那怎么行？你一人留下来，我能放心吗？要不你先走，要不我俩一起留下来。"

萧红又急又气："好不容易有张票，你还不赶快走，我一个女的，又是大肚子，安娥她们会照顾我的，你留下来，紧张了，谁来照顾你？我能放心吗？"

一番争执后，端木听话地留下萧红，自己跟罗烽上船走了。

数月后，后期入川的萧红在重庆乡下生下她与萧军的孩子，但三天后孩子就死了。

从滞留武汉到入川后等待分娩，这一段日子，萧红深深体会到，端木对待她和处理事情的态度，与萧军截然不同。

萧红与端木

萧军是刚硬的，霸道的，却是让人依靠的对象，无论如何都不会让萧红一个人留在危险的地方；端木是懦弱的、自私的，是需要人照顾的、依赖她的大男孩。

萧红曾这样向人诉说过她与端木结合时的心境："我在决定同三郎永远分开的时候才发现了端木蕻良。我对端木蕻良没有什么过高的希求，我只想过正常的老百姓式的夫妻生活。没有争吵，没有打闹，没有不忠，没有讥笑，有的只是互相谅解、爱护、体贴。"

对萧军的失望，使她寄望于端木。对端木的失望，又使她对萧军的情感变得更加复杂。与萧军有关的一切，都只能埋在她的心底——包括那个孩子。

夭亡骨肉的创痛，不是常人所能想象。

萧红选择了与端木过正常的老百姓的夫妻生活，她所能做的，就是压抑自己和忘记过去，慢慢地、悄悄地从这种创伤中走出来。

而端木，他以为他欣赏萧红、尊重萧红，以为他娶了怀着萧军孩子的萧红，就表达了足够的爱。他知道萧红在感情生活中遭遇了那么多坎坷，却未必能明白那样的经历对于一个女人来说，意味着什么。

他不懂萧红需要怎样的爱，更不懂萧红需要的爱有多深。萧红性格里固然有坚强的一面，但在她内心深处，一直在寻求支持和爱。表面看来她很独立，很成熟，实际上，她也是一个小女孩，需要欣赏，需要尊重，更需要关怀和疼爱。

在重庆，端木忙于社会活动和写作，与萧红的思想交流渐疏。他的身体比较弱，生活上基本没什么能力，所有事情都要萧红一个人去料理。萧红生产后，身体虚弱，情绪消沉，面对这样的家庭现状和感情生活，萧红的状态一直很差。

他们住在北碚复旦大学教师宿舍时，有一次，端木因日常琐事引发与邻居女佣的冲突，一时冲动打了对方。女佣在主人的支持下嚣张闹事难以收场，端木嫌烦，干脆关上房门躲了起来。无奈之下，萧红只得求助于友人加以斡旋，"好像打人的是我不是他"。

端木的"弱"和"怕麻烦"，使得萧红被迫应对无法应对的情形，自然会生出埋怨，有时便会向友人发发牢骚。也因此，端木给萧红的朋友们留下了极不好的印象。

蓝天碧水永处

1940 年初，萧红和端木从重庆搭乘飞机去香港，应邀编写"大时代文艺丛书"。

在写给友人的信中，萧红说："这里的一切景物都是多么恬静和优美，有山、有树、有漫山遍野的野花和婉转的鸟语，更有汹涌澎湃的浪潮，面对着碧澄的海水，常会使人神醉的。这一切不都正是我日夜所梦想的写作的佳境吗？"

环境的改变，改善了萧红的心情。1940 年底，她在香港完成了著名的长篇小说《呼兰河传》，之后又写作了长篇小说《马伯乐》和短篇小说《小城三月》。

可惜的是，一向身体虚弱的萧红，病情日益加重，被确诊患上了肺病。端木一到香港就投入到工作中，没有太多时间陪伴体弱多病且多愁善感的萧红，这使她倍感孤独，一旦从创作状态回到现实，心里就空落落的，找不到依附和寄托。

身体越衰弱，精神上的渴求越强烈。萧红从中国最北端的呼兰河，一路跋涉，到南端的香港。十多年的颠沛流离，过往的痛苦与不幸，复杂的人生经历，对理想世界的渴望与对现实生活的种种失望……萧红内心的创伤从未愈合过，痛苦却难以对任何人言说。

"什么是痛苦，说不出的痛苦最痛苦。"这是萧红题名为《沙粒》诗中的最后一句。此时的萧红，正处于这种最痛苦之中。

她所遇到的男人，萧军和端木，他们都爱过或依然爱着她，她也爱过他们，但她所需要的爱，平凡、深刻、丰富，在那样的现实环境中，没人能给予，或者说，没人能一直给予。

太平洋战争爆发后，端木要考虑撤退、突围和筹款事宜，同时还要与文化人保持联系，难以时刻陪伴萧红，于是请曾蒙他照顾的骆宾基留下来，协助护理萧红。

大兵压境，大城将倾，周围人都在忙于逃命，自己却被人抬来抬去，成为他人的负担。在这种情势下，萧红无限焦虑，心中充满即将被遗弃的恐惧和对生命的留恋。

骆宾基是萧红胞弟张秀珂的友人。身在南国，又在病中，萧红思念着北方的故乡。而骆宾基那一口浓烈的东北口音，带给萧红莫大的慰藉。

1941年12月9日，端木将萧红在思豪酒店安顿好之后，见有骆宾基照顾就离开了。

萧红对端木的离去感到莫大的恐慌。她害怕极了，也绝望了。她认为一贯软弱、怕麻烦的端木，是要抛下她，一个人突围回大陆。此时的骆宾基，是她唯一可倚赖的对象。萧红感激陪伴她、照顾她的骆宾基，甚至问他能不能娶她。

她只是想抓住爱，活着，活下去，才有新的希望、新的开始。

七八天后，端木回来了。也许他确实生出过抛弃萧红的念头；也许他只是日夜奔波，忙于工作，忙于为萧红住院筹钱、取钱、寻找尚未被日军控制的医院；也许，他看出萧红对骆宾基的眷恋……

1941年12月25日，香港沦陷，部分医院开始收治病人。十多天后，辗转躲避的萧红被送进跑马地养和医院，被不负责任的医生误诊为喉瘤，安排立即手术摘除。端木深知结核病人不能手术，面对医生的治疗方案，他坚决不同意。

然而，求生心切的萧红，对端木完全失去信任的萧红，自己在手术单上签了字。

急于挣钱的医生不再理会端木的意见，草率手术，术后才发现是误诊，却为时已晚。

1942 年 1 月 18 日，手术后病情加剧、身体虚弱不堪的萧红，被端木和骆宾基扶上养和医院红十字急救车，转入玛丽医院重新动手术，换喉口的呼吸管。萧红已无法再说话，用手势示意骆宾基给她取来纸笔，写了一句话：

"我将与蓝天碧水永处，留的那半部《红楼》给别人写了。"

1942 年 1 月 23 日，短短半个月之内辗转四家医院之后，萧红在法国医院设在圣士提反女校的临时救护站去世，终年 31 岁。

萧红去世后，端木请人为妻子拍摄了遗容，又剪下她的一缕遗发揣入怀中，辗转许多地方，用高价买来了素色瓷瓶，将萧红的骨灰装进去。第二天，端木将萧红的骨灰瓶葬在了浅水湾公墓，一代才女，从此与"蓝天碧水永处"。

生前她曾说过："我是个女性。女性的天空是低的，羽翼是稀薄的，而身边的累赘又是笨重的！"

对于死，她不甘心，"半生尽遭白眼冷遇……身先死，不甘，不甘。我一生最大的痛苦和不幸，是因为我是一个女人"。

而她身为女人最大的痛苦和不幸，难道不是这爱路跋涉的艰辛与遗憾？

· 蒋碧微：

原名蒋棠珍，1899 年出生，江苏宜兴人。1917 年 5 月与徐悲鸿私奔。

· 徐悲鸿：

1895 年出生，江苏宜兴人。原名徐寿康，著名画家。第一任妻子早逝，后携蒋碧微私奔。1938 和 1945 年两度登报与蒋碧微脱离"同居关系"，之后两人离婚。

· 张道藩：

1897 年出生，贵州盘县人，1919 年留学英国，1921 年夏天在德国与蒋碧微相识，后娶法国人素珊为妻。1948 年，蒋碧微随张道藩去台湾。

四
蒋碧微
终于明白要什么

她爱慕的不是徐悲鸿这个人，而是他头顶的艺术大师的光环。而身为一名女子，她真心想要的，却不过是一名合得来的男子的缱绻深情、体贴照顾。

他 是 如 此 与 众 不 同

1916 年，上海。有一天，复旦大学教授蒋梅笙对他太太说起经常来往家中的同乡时，特意夸赞了一个人。蒋太太默默听着，不时颔首表示同意。末了，蒋梅笙慨叹地说："要是我们再有一个女儿就好了。"

假装若无其事、实则聚精会神聆听父母谈话的蒋家二小姐蒋棠珍，不由心头一震。父母就两个女儿，大女儿已经嫁到程家，而她也在 13 岁那年，由堂姐做主许给了苏州查家的查紫含少爷。父亲的意思再明白不过，他欣赏徐悲鸿先生，认为他画艺非凡，是可造人才。虽然徐先生少年丧妻，但他早晚要再娶的，如果父亲再有一个女儿，显然，他希望有一位徐悲鸿这样才貌出众、画艺高超的女婿。

蒋棠珍在宜兴老家时就听闻徐悲鸿的大名：他的名字取得怪；他服父丧，白布鞋里却穿双红袜；他兼授始齐女学的课程，天一亮由城里步行三十里赶去上课，中途过家门而不入……总之，他是一名与众不同的特殊人物。

18岁的蒋棠珍，无法不对这样一位同乡产生好奇和好感。

而她那位未婚夫，唉，提到他就让人沮丧。查紫含来上海读书，投在未来岳父门下，自然受到格外优待，想不到，临近考试前夕，他托兄弟找到蒋教授，索要一份考试的作文题……蒋棠珍真不想将他跟徐先生相提并论，然而查家已经催婚了，想到她要嫁的男人如此不堪，而那位有着锦绣前程的徐先生，她对他既钦佩又同情，却空有还君明珠之憾。

此时她还不知道，徐悲鸿也对她一见钟情。出生于宜兴名门的蒋棠珍，肌肤白皙，身材高挑，五官精致耐看，气质典雅，这一切都对审美严苛的徐悲鸿具有莫大的吸引力。他托同乡朱了州找到蒋棠珍，试探道："假如现在有一个人，想带你到外国，你去不去？"

蒋棠珍脑子里立刻映出徐悲鸿的影子。去？不去？都将决定她未来的命运。她茫然地站在那里，衡量着自己一生中最重要的选择。

朱了州低声告诉她："这个人就是徐先生，他最近要到法国留学，很想带你一起去。他很早就爱慕上了你，现在已经到了辗转反侧、无法自拔的地步。他认为，一个男人娶妻就一定要娶像你这样的。"

一边是试图考试作弊的未婚夫查紫含,而查家迎娶在即;一边是一向具有好感和爱慕之情的徐悲鸿,而他欲与她私奔,远走海外!

禁不住朱先生的一再催促,蒋棠珍脱口而出:"我去!"

因上海到法国的航线不通,徐悲鸿决定先带蒋碧微去日本,再看风色。1917年5月13日晚,蒋棠珍给父母留下一封"遗书",戴上徐悲鸿为她准备的镌刻着"碧微"二字的水晶戒指,乘坐14日清晨出发的日本船博爱丸,驶往长崎。从此她抛弃富家小姐蒋棠珍的生活,改名蒋碧微,与一名穷小子踏上了私奔之路。

纵有委屈亦甘愿

千金小姐和穷学生的爱情,一开始就受到现实的挤兑。在去日本的船上,蒋碧微的心里有了一丝波澜。

也不知道徐先生买的是什么舱位,一上船,便发现舱房里一片黝黯,上下铺位共有十个之多,而且男女混杂,我们舱里就只有我一个女人,其余都是做小生意和做工的。……当时真觉得难过,满心委屈,只是连一句怨言都不敢说。

十个月后他们回国。1918年11月,在傅增湘先生的帮助下,徐悲鸿以官费生资格到巴黎,进了法国国立最高艺术学校。

两人的生活全靠徐悲鸿的留学官费支撑,不过,艺术家在生活上与普通人并不一样。徐悲鸿对衣食住行不讲究,但一旦在旧货摊遇到心仪的艺术品,他却情愿

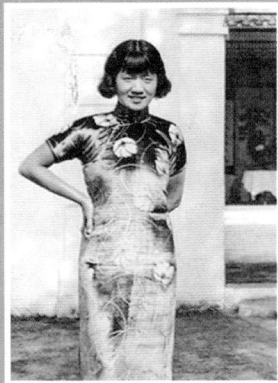

蒋碧微

饿肚子，也决不错过。

　　蒋碧微从一位双手不沾阳春水的大小姐，到一名需要为一日三餐操心的艺术家的妻子，自然有很大的不适应。不过，徐悲鸿刻苦学习、努力向上的精神，她还是非常钦佩的。从日本回国时，她已感受到了丈夫的成功，她坚信，艰难的日子早晚会结束，她将迎来属于自己的真正的幸福。

　　旅居法国的日子，由于物质条件匮乏，生活中也难免有这样那样的矛盾。很多时候，蒋碧微觉得，徐悲鸿只关心他的艺术，对于与绘画无关的一切人或事都漠不关心，他的结婚对象应该是艺术而不是她。他无视任何与艺术无关的人、事或物，把"独持偏见，一意孤行"当作座右铭。蒋碧微感慨道："悲鸿的一颗炽热爱好艺术的心，驱走了我们所应有的幸福和欢乐。"

然而，这些并不能打击蒋碧微的信心，她"仍然下定决心要做一个好妻子，因为我发觉他所欠缺的正是我之所长"。

做一个好妻子，诚然高尚。只是，夫妻应有的幸福和欢乐已经被驱走了，这个好妻子，做得还有什么味道？能弥补这种缺憾的，除了夫妻俩相依做伴的爱情，还有很重要的一点，那就是蒋碧微对未来生活的信心，准确地说，是对徐悲鸿的事业取得伟大成功的信念。

她需要用事实来证明自己的选择正确。

当初她离家出走，对蒋家这个望族是个不小的打击。父母读到她假作生活无望的"遗书"后，没法向苏州查家交代。父亲蒋梅笙与滞居上海的康有为过从甚密，而康有为又在哈同花园认识了徐悲鸿，为了成全徐悲鸿，并让蒋家摆脱窘境，在康有为的策划下，蒋家宣布女儿蒋棠珍因病早殇，并在宜兴老家设立灵堂，安排下葬，以遮掩女儿私奔一事。

私奔是她的选择，自己选的路，有再多的委屈，蒋碧微也会打落牙齿和血吞。她的出身和教养，都不会允许她对这些生活中的细枝末节多做计较。她看重的是大局。

不能承受的深情

1921 年，徐悲鸿和蒋碧微已在法国旅居两年多。这年夏天，徐悲鸿带她前往德国游览。柏林中国驻德公使馆秘书张季才，为了招待来自中国的朋友，特地举办了一个酒会。

蒋碧微正与其他客人交谈时，张季才将一名穿着白色西服的青年带到她与徐悲鸿面前。

"这位是贵州才子张道藩先生，现正在英国伦敦大学文学院美术部学画。"

说完他又拍拍张道藩的肩膀，介绍说："这就是徐悲鸿先生，法国美术界的泰斗达昂先生非常欣赏的一颗巨星。"

徐悲鸿听说对方也是画家，立刻热情地迎上前，与张道藩寒暄起来。蒋碧微微笑着，望了一眼这位外形儒雅、神态却有些呆怔的青年。

张道藩匆匆赶到使馆来，原本是慕徐悲鸿之名，没想到，看到蒋碧微的第一眼起，他就忘了所来目的。眼前的美人，上身穿着一件大红底色的西装，上面点缀着朵朵黄花，下穿一条灰黄底子起红花的长裙。修长的身材，白皙的皮肤，亭亭玉立于人群中，恰如一支微雨后的牡丹，风姿绰约，使人见之忘情，甚至忘了呼吸。

"这是我的夫人蒋碧微女士。"徐悲鸿没有觉察出张道藩的微妙变化。

"哦，徐夫人！"张道藩如梦初醒，向前一步，轻轻握住蒋碧微的手。

时光倏忽而过。这位清高单纯害怕卷进政治圈子的艺术青年，几年后转变观念，

蒋碧微

渐渐成为一名成功的政客。而在巴黎的徐悲鸿
夫妇生活却陷入困境，因留学官费的中断，不
得已之下，徐悲鸿于 1925 年秋天离开巴黎，
先到新加坡卖画筹款，之后又回到上海，与朋
友们相聚，并购买了一些书和字画。

他担心只身留在巴黎的妻子会寂寞无助，
特别托付朋友们帮忙照顾她。巴黎留学生美术
团体"天狗会"中的同人们对蒋碧微都很照顾，
因徐悲鸿在团体中行二，所以，他们尊称蒋碧
微为二嫂。

这些朋友中，最为热情、体贴的是"三弟"
张道藩。

蒋碧微说："道藩最重感情，热情洋溢，
乐于助人。悲鸿不在我身边，他确实帮过我很
多忙，我对他寄予极大的信任，常常请他充当
我的男伴。"

尽管蒋碧微已感到与张道藩在一起时非常
投契，他们志趣相投，生活态度也相当一致，
但她根本没作他想。跟徐悲鸿相处了整整七年，

徐悲鸿

生活上常有龃龉，但这并未对夫妻间忠贞、坚定的感情产生影响。远在上海的徐悲鸿梦见了妻子，醒来后，他写了这样一首小诗：

> 衫叠盈高阑，
>
> 橡侵万卷书，
>
> 梦中惊祚异，
>
> 凄绝客身孤。
>
> 不解憎还爱？
>
> 忘形七载来，
>
> 知卿方入夜，
>
> 对影低徘徊。

而在 1926 年 2 月，距离徐悲鸿与妻子在巴黎团聚还有一个多月时，蒋碧微做梦也想不到，张道藩在意大利佛罗伦萨参观艺术展览时，给她写来一封火辣辣的情书：

为什么我深爱一个女子，我却不敢拿出英雄气概，去向她说"我爱你"？为什么我早有相爱的人，偏会被她将我的心分去了？为什么我明明知道我若爱她，将使我和她同陷痛苦，而我总去想她？为什么我一点儿都不知道她对我是否也有同等的感情，我就爱她？为什么理智一向都能压制住我，如今离开了她，感情反而控制不住了？为什么我明知她即使爱我，这种爱情也必然是痛苦万分，永无结果的，而我却始终不能忘怀她？你不必问她是谁，也无需想她是谁，如果你对我的问题有兴趣，请你加以思考，并且请你指教、解答和安慰；以你心里的猜度，假如我拿出英雄气概，去向她说"我爱你"，她会怎么样？假如我直接去问她"我爱你，你爱我不爱？"她又会如何回答我？

从初识到这半年来点点滴滴的相处，霎时浮现在脑海。蒋碧微重重地坐在椅子上，仿佛手里捧着的不是一封信，而是一颗沉甸甸的心。

蒋碧微知道，张道藩在巴黎有两个女友，一个是钟情于他的湖南籍魏小姐，另一个是法国女孩素珊。素珊天真活泼，纯洁可爱，张道藩和素珊的感情不错，朋友们都认为他们是一对理想的情侣。这封信里写的女子，显然不是魏小姐或素珊。他为什么写这样一封信给她？难道他信中所说心中深爱的女子，指的就是她？

不！不可以！无论答案是与否，蒋碧微要做的，只能是理智地躲避张道藩。

她给张道藩回了一封信。

……

至于你要我猜度，假如你向她说"我爱你，你爱我不爱？"她会怎样回答你，我既不是她，怎能知道她的心理？不过你既然这样爱她，对于她的性格和为人，你一定深切了解，那么她将会怎样回答你，你至少也该晓得个十之八九，又何必叫我来胡乱猜度？至于你说她会扰乱你的心神，你难道不能想个办法，不为她动心么？我倒劝你把她忘了，但不知你能否做到。

……

没有爱，也没有不爱，只有劝告，冷冷的忠告。犹如一盆冰水浇在张道藩身上，爱，火，都被蒋碧微无情地冻结了。

不久以后，张道藩和素珊订了婚。

徐悲鸿回到巴黎后，于第二年（1927 年）春天，携蒋碧微同赴瑞士和意大利游览，然后再次回到巴黎。留学八年、学成了精湛写生技法的徐悲鸿决定先行回国。已经怀孕的蒋碧微在这一年的 10 月也回到祖国，临近岁末时，在上海广慈医院生下他们的长子伯阳。

回到祖国，父母、姐弟、夫妻大团圆，又生了伯阳这个全家人当作宝贝看待的孩子，生活过得安定，精神十分愉快。有时回想过去十年的苦难艰辛，仿佛是一场惊骇恐怖的噩梦，而目前的欢欣快乐，就如一叶轻舟，荡漾在风平浪静的海洋里，两相比较，真有天渊之别。我常常想，像我这样结合十年方始有家的女人，在世间恐怕不多；此后，上天再不会把我的幸福、快乐夺了吧。

1928 年春天，徐悲鸿担任了南京中央大学教授，声名鹊起，精力充沛。蒋碧微能看到丈夫正用他那支如椽画笔，辟出他的远大前程。她对自己的生活非常满意，丈夫的荣耀和光环，夫妻团聚的喜悦，填补了他们生活在一起时的种种罅隙。

而张道藩也在 1928 年 4 月，筹措了旅费，将素珊从法国接到上海，同年秋天，两人在上海沧州饭店举行了盛大的婚礼。

艺术家与生活家的矛盾

幸福的生活总是过得飞快，因此显得极其短暂。1930 年，对于蒋碧微来说，

蒋碧绿与徐悲鸿

是一连串不幸的黑色岁月。4月间，她唯一的弟弟蒋丹麟病势沉重，咳血不止，三个月后不幸去世。到了这一年的11月初，静娟姑妈又一病不起，不久与世长辞。

心情沉重之时，蒋碧微接到了徐悲鸿的来信，信中说，如果蒋碧微再不回去，他可能要爱上别人了。

蒋碧微以为这是丈夫催她回家的戏言，并没当真，因此，直到姑妈落葬后，她才带着孩子回到南京。

到家当晚，徐悲鸿就向妻子坦白了一件事：他最近喜欢上了一位名叫孙韵君的女学生。

孙韵君，又名孙多慈，这一年只有18岁，是安徽人。她曾在这一年的暑假投考中大文学院，没有考取，于是就到艺术系旁听。她一开始作画，就获得了徐悲鸿的青睐，赞赏有加。蒋碧微在宜兴的时候，他约她到家里，为她画像，有时也一同出去游玩。有一次正在作画，孙多慈忽然提起她的身世。

徐悲鸿看了看蒋碧微，嗫嚅着承认：他听了她的话很受感动，曾将双手按在她

孙多慈画像

的肩上，告诉她说："无论如何，现在有一个人在关心你！"然后，他吻了吻孙多慈的额头。

犹如五雷轰顶，蒋碧微心里有说不出的委屈和伤心，一时无法遏制悲痛的情结，痛哭起来。"为什么要告诉我这些？为什么？"

徐悲鸿安慰她说："你已经回来，我想以后再不会发生什么问题了。"

既然如此，他又何必向妻子坦白？世间确有这样的人，深知自己的感情不为世俗所容，说出来，就好像得到了解脱，从此变得胸怀坦荡。蒋碧微不知丈夫究竟为什么要告诉自己这些事，只是从内心深处感到失望。无论如何，她跟徐悲鸿共同生活了十几年，对丈夫的情感和性格以及为人处世，都有相当的了解。她无法相信事情像徐悲鸿说的那样简单，却又不知如何是好。为了安抚她，徐悲鸿只得向她保证，将来设法与她两人再到国外去。

蒋碧微的预感是正确的。从这天起，徐悲鸿便很少在家，他总是一清早去上课，下午再去画画，晚上还要到艺术系去赶晚班。初到南京时，中大曾经在艺术系给他预备了两个房间，这两个房间他一直保留着，后来就做了他的画室，学生们当然也常到他画室里请教。蒋碧微猜测丈夫每天早出晚归，并非完全由于教学上的需要，其中还夹杂有感情的因素。

在那间充满艺术气氛的画室里，一定还有另一个人。

——当丈夫的感情发生了变化，每一个女人都会有敏锐的感觉。

有一天，蒋碧微陪同两位朋友去参观徐悲鸿的近作，一进门她就感到非常惊异。

那么多画作中，蒋碧微一眼就看到了两幅画：一幅是徐悲鸿为孙多慈画的像；一幅是题名《台城月夜》的油画。画面上是她的丈夫徐悲鸿和一名女子，两人在一座高岗上，徐悲鸿悠然席地而坐，女子侍立一旁，项间一条纱巾，正在随风飘扬，天际，一轮明月——

那女子不是别人，正是孙多慈！

蒋碧微的心像被针狠狠扎过，恨不得立刻跟徐悲鸿大闹一场。朋友在旁，这又是他们夫妇的家事，略一思忖，蒋碧微冷静下来。趁着徐悲鸿和朋友们在看别的画，蒋碧微暗中将这两幅画取过，顺手交给一位学生，请他替她带回家里。

回家以后，蒋碧微把《台城月夜》放在一旁，向徐悲鸿声明道："凡是你的作品，我不会把它毁掉，可是只要我活在世上一天，这幅画最好不必公开。"

徐悲鸿听了，不便开口向她要回画作。然而，夫妇俩的感情，自此便有了深深的裂痕。

徐悲鸿对孙多慈的爱，缘于对艺术的共同爱好和追求，也缘于孙多慈的才貌，徐悲鸿的爱才且惜才。而他与蒋碧微之间，生活上的更多矛盾，也在这期间越来越激化。

1932年底，花费了蒋碧微很多精力的徐悲鸿公馆在南京傅厚岗落成。孙多慈送来上百株枫树种植在庭院中，蒋碧微闻讯，立刻命令用人将树砍了当柴烧。她在院中植上草坪，种上各种各样的树木，室内陈设也布置得舒适典雅。而徐悲鸿则将自己的画室命名为"无枫堂"以示抗议，又将公馆命名为"危巢"，以警醒

蒋碧微

自己不忘国难当头。

　　种种分歧和矛盾，加上小报又多次对徐悲鸿与孙多慈的"师生恋"大肆渲染，这些都让蒋碧微痛苦万分。她真想大闹一番，然而，徐悲鸿的身份和地位，又使她不得不采取隐忍的态度。1933 年，蒋碧微陪同徐悲鸿再赴欧洲举办了个人画展，以期挽救夫妻关系。遗憾的是，夫妻间的信任、依赖关系，已不复存在。

　　1936 年，徐悲鸿受邀前往广西，希望筹办一所美术学院。已在政坛取得巨大成功的张道藩再次走入蒋碧微的生活。

最重要的仪式

　　一个遭遇了丈夫感情上的背叛，一个把多年的爱慕之情埋在心底，在这样一个特殊的情境下，蒋碧微和张道藩的感情有了一个突飞猛进的契机。1937 年起，张

张道藩

张道藩

蒋碧微

道藩和蒋碧微之间通信往来频繁，感情发展得如火如荼。而徐悲鸿也与他的学生孙多慈在广西相聚。徐蒋夫妇关系，名存实亡。

蒋碧微对徐悲鸿说：假如你和孙多慈决裂，这个家的门随时向你敞开。但倘若是因为人家抛弃你，结婚了，或死了，你回到我这里，对不起，我绝不接收。

这，是她为轰动一时的"慈悲恋"所设置的底线。

1938 年 7 月 31 日，徐悲鸿在广西登报宣布"鄙人与蒋碧薇女士久已脱离同居关系，蒋女士在社会上一切事业概由其个人负责"。目的是与蒋碧微撇清关系，为他向孙多慈的父亲提亲扫清障碍。这番声明，严重刺伤了蒋碧微的心。

她 18 岁与徐悲鸿私奔，远走海外，在困苦中与尚未成名的艺术大师相依相伴，又为他生儿育女，甚至在他移情别恋时还要委曲求全，如今，徐悲鸿竟然连她妻子的名分都不肯承认。

在这场长达八年的情感拉锯战里，徐悲鸿的感情几乎完全倾向于孙多慈。他为孙多慈印画册、做宣传，为她谋求出国进修的事情东奔西走，为了与孙结合，他单方面在报上刊出与蒋碧微脱离"同居关系"的启事。

跟徐悲鸿在一起时就决心要做一名好妻子的蒋碧微，她对这场爱情，这段婚姻，这段关系的信念，败了在徐悲鸿与孙多慈恣意盛放的爱情面前。

现在她知道了，性格和追求上的不同，已让他们越走越远。她要的是一个世俗世界的安宁、舒适，徐悲鸿却属于他的那个艺术天地。再看她与张道藩，他们的观念、看法，对生活的追求却是一致的。他们的感情，可以追溯到留法时期。他对她的深情和体贴、照顾，简直就是她孤独时最大的安慰。蒋碧微对于张道藩，是充分理解、支持的。他已有家室，为了他的政治前途，蒋碧微愿意做他的地下情人，只因他们是彼此今生唯一的知己。

徐悲鸿的脱离关系启事登出后，并未得到孙多慈父亲的赞许，反而将他痛骂一顿，赶了出去。之后，经人牵线，孙多慈嫁给了时任浙江教育厅厅长的许绍棣。黯然失落之下，徐悲鸿回到家中，希望得到蒋碧微的谅解，两人重修旧好。他忘了蒋碧微的底线，也忘了一句老话，"树怕伤皮人怕伤心"。伤心人如今别有怀抱，对他只余下恨、怨、冷漠。

蒋碧微既不跟徐悲鸿离婚，也不跟他缓和关系，直到 1945 年，徐悲鸿与图书管理员廖静文产生感情，再次登报与蒋碧微脱离关系，并与廖静文订婚，她才如梦方醒，意识到自己在这段漫长的关系中，最最看重的，其实是徐悲鸿妻子的名分。

蒋碧微与张道藩

当初他们是私奔出走，回国后又没有补办婚礼，如今，他们要真正分开了，蒋碧微要把她想要的东西全部拿回来。

她向徐悲鸿提出办理离婚手续的要求。离婚条件相当苛刻，徐悲鸿必须给她现款一百万元，古画四十幅，徐悲鸿的作品一百幅，作为她以后的生活费。此外，徐悲鸿还须将每月收入的一半交给她，作为儿女的抚养费。

办好离婚手续，结束长达 28 年的婚姻，蒋碧微去友人家里过除夕，打了通宵的麻将。没有结婚仪式的蒋碧微，用这份奢华的离婚协议，为她与徐悲鸿的关系画上一个大大的句号。

她解脱了，带着一种复仇的快感，以及胜利后的虚空。她比任何时候都明白自己想要的是什么。她是俗世生活家，识大体顾大局，各方面都能应付裕如，她爱慕的不是徐悲鸿这个人，而是他头顶的艺术大师的光环。

而身为一名女子，她真心想要的，却不过是一名合得来的男子的缱绻深情、体贴照顾……她已不再看重虚名，要的是切切实实的感情和陪伴。

世人对蒋碧微的指责，多因她与徐悲鸿的离婚条件而起。据大师的后妻廖静文所说，徐悲鸿为了完成答应给蒋的一百幅画作，日夜作画损害了健康。人们对积疾早逝的大师满怀同情，又因蒋碧微携带巨款过着豪华日子，从而指责她是个无情且爱钱的女人。尤其让人愤懑的是，拒绝与徐悲鸿和解的她，转身投入爱慕她多年的张道藩怀抱，心甘情愿做的，竟是一个无名无分的情妇。

回头再看，在与徐悲鸿的婚姻中，蒋碧微始终有着很深的委屈感。她曾有多委屈自己，离婚时和离婚后，她就有多满足自己。无论是经济上还是情感上，无论她这样做是否会损害前夫的健康，还是会伤害另一位无辜女士——张道藩的法国妻子素珊。

1948 年，蒋碧微随张道藩去了台湾，成为他公开同居的情妇。两人之间计有两千余封情书，字里行间流淌的绵绵爱意，足以让蒋碧微对于始终没有给她名分的张道藩毫无微词。

去世前，蒋碧微完成了 1937 年张道藩在南京战况危急时对她的托付：汇集出版他的剧本；为他出本画集；隐去关系人的姓名，发表有关信件，作为他们的爱情纪念。

1978 年 12 月，蒋碧微在台湾辞世。在她的卧室里，悬挂着徐悲鸿为她绘制的《琴课》；在客厅里悬挂的，则是张道藩为她绘制的肖像……

·张爱玲：

1920 年 9 月 30 日生于上海，出身名门，本名张煐。著名作家，代表作有小说集《传奇》，长篇小说《十八春》、《小团圆》等。

·胡兰成：

出生于 1906 年 2 月 28 日，浙江嵊县人。张爱玲第一任丈夫。

·赖雅：

作家，美国人，德国移民后裔，65 岁认识张爱玲，成为其第二任丈夫。

五
张爱玲
万转千回之后

从前他对她，让张爱玲觉得自己的特别与备受珍惜。时间长了，看得呆了，原来特别的人不是自己而是胡兰成，备受胡兰成珍惜的人也不是她，甚至不是任何女人，而是胡兰成本人。

爱情，注定以幻灭收场。只要曾相爱过，万转千回之后，总会留下点什么。

出名要趁早

1942 年下半年，张爱玲离开沦陷中的香港，回到她出生的地方——上海，跟姑妈生活在一起。

"用别人的钱，即使是父母的遗产，也不如用自己赚来的钱来得自由自在，良心上非常痛快。" 学业中断了，但她实际上已走出校门，面临谋生的问题。

她拿起了笔，"我要为上海人写一本香港传奇"。

1943 年春天，经亲戚介绍，张爱玲登门拜访了《紫罗兰》杂志主编周瘦鸥，拿出自己的作品《沉香屑：第一炉香》和《沉香屑：第二炉香》。待她告辞后，周瘦鸥细读这两篇小说，惊叹不已。不到23岁的张爱玲，文笔老练，技巧娴熟，尤其是小说中她对人情世故的洞悉和对人性的了解，除了用天才来解释，别无话说。

张爱玲确是天才。她出身名门，3岁能背唐诗，7岁写了第一部小说，8岁时尝试写了一篇类似乌托邦的小说《快乐村》，14岁那年尝试大部头小说，写的是她最熟悉的红楼题材《摩登红楼梦》，虽是游戏之作，但遣词造句布局谋篇的功力已是不凡。"我是一个古怪的女孩，从小被视为天才，除了发展我的天才外别无生存的目标"。

《沉香屑》很快在《紫罗兰》上发表，随即引起了文坛一片惊叹。短短一年，《茉莉香片》、《心经》、《琉璃瓦》、《封锁》、《倾城之恋》等小说、散文如天女散花般相继发表。1944年8月15日，张爱玲的小说结集《传奇》问世，仅仅一个星期就销售一空，一时间洛阳纸贵。

年轻的张爱玲成了文坛的传奇人物。而横空出世的张爱玲，她的家世，本身就是一部传奇。

张爱玲祖籍河北丰润，1920年9月30日出生于地处上海公共租界的张家公馆。祖父张佩纶虽在著名的"马江之战"中大败而逃，被朝廷流放边疆，但李鸿章仍然非常器重他，张佩纶刑满归来后，李鸿章将他收为幕僚，并将小女李菊耦相许。张爱玲的母亲黄逸梵也出生于门庭显赫的家庭，与张爱玲的父亲张志沂属于典型的门当户对的夫妻组合。

　　张志沂很有才华，但他有着一切富家子的坏习气：嫖妓、养姨太太、抽大烟。黄逸梵是新派女性，与丈夫一向不和，她跟小姑张茂州一道出国留洋归来后，与张爱玲的父亲离婚，之后再度去了国外，直到张爱玲中学毕业那年才回国。

　　父亲再婚后，张爱玲的处境颇为尴尬。父亲的家里，整个空气都是懒洋洋灰扑扑的，是鸦片烟厚重沉沉的气息，是教"汉高祖论"的老先生、章回体小说、各式小报和亲戚间的笑话。父亲家的日子，每天都像沉下去一样，慵懒昏沉。母亲虽然缺席了张爱玲的童年和少年生活，母亲的生活方式和文化教养，却是张爱玲所向往的。母亲回国后，中学毕业的张爱玲向父亲提出了留学的要求。张志沂非常生气，认为张爱玲受到她母亲的教唆，吃用他的，心却向着母亲。

　　之后的一天，张爱玲与后母发生冲突，后母动手打了她一个耳光，张爱玲本能地要还手时，被老妈子拦住，而后母却尖叫着说她打人了。父亲从楼上冲下来，不由分说，对张爱玲拳打脚踢，扬言要用手枪杀了她，随即将她关在了家中的空房里。

张爱玲

张爱玲

那是一段黑暗的日子，生了病，父亲也拒绝给她治疗。从父亲家逃出来后，张爱玲去了母亲那里。母亲让她选："要早早嫁人的话，就不必读书，用学费来装扮自己；要读书，就没有余钱兼顾到衣装上。"

她选了后者。

因为战事，张爱玲没有去成英国，改念了香港大学，在那里打下了西方文化、历史、文学的底子。太平洋战争爆发后，张爱玲亲身感受到枪声炮火的刺激，看到生命的种种形态，她反复思忖着生命是什么，得出结论："想做什么，立刻去做，或许都来不及了。人是最拿不准的东西。"

家事变迁，人情冷暖，战争与破坏，加深了张爱玲内心深处的危机感。她意识到：在风雨飘摇的时代背景下，人是无法把握自己命运的。与其去思考不可知的未来，不如享受现在。

在《传奇》的再版序言中，张爱玲毫不隐瞒地表达出她的观点：

"出名要趁早呀！来得太晚的话，快乐也不那么痛快……个人即使等得及，时代是仓促的，已经在破坏中，还有更大的破坏要来。"

遇见一个热情的人

1943 年 10 月 10 日，苏青主办的《天地》杂志创刊号上刊载了张爱玲的小说《封锁》。苏青将杂志寄到南京胡兰成处，张爱玲的文字，包括她这个人，激发了胡兰成莫大的热情。

母亲黄逸梵

胡兰成写道：

前时我在南京无事，书报杂志亦不大看。这一天却有个冯和仪寄了《天地》月刊来，我觉和仪的名字好，就在院子里草地上搬过一把藤椅，躺着晒太阳看书。先看"发刊辞"，原来冯和仪又叫苏青，女娘笔下这样大方利落，倒是难为她。翻到一篇《封锁》，笔者张爱玲，我才看得一二节，不觉身体坐直起来，细细地把它读完一遍又读一遍。见了胡金人，我叫他亦看，他看完了赞好，我仍于心不足。

我去信问苏青，这张爱玲果是何人？她回信只答是女子。我只觉世上但凡有一句话、一件事，是关于张爱玲的，便皆成为好。及《天地》第二期寄到，又有张爱玲的一篇文章，这就是真的了。这期而且登有她的照片。见了好人或好事，会将信将疑，似乎要一回又一回证明其果然是这样的，所以我一回又一回傻里傻气地高兴，却不问问与我何干。

这样糊涂可笑，怪不得我要坐监牢。我是政治的事亦像桃花运的糊涂。但是我偏偏又有理性，见于我对文章的敬及在狱中的静。

及我获释后去上海，一下火车即去寻苏青。苏青很高兴，从她的办公室陪我上街吃蛋炒饭。我问起张爱玲，她说张爱玲不见人的。问她要张爱玲的地址，她亦迟疑了一回才写给我，是静安寺路赫德路口一九二号公寓六楼六五室。

翌日去看张爱玲，果然不见，只从门洞里递进去一张字条，因我不带名片。又隔得翌日，午饭后张爱玲却来了电话，说来看我。我上海的家是在大西路美丽园，离她那里不远，她果然随即来到了。

胡兰成比张爱玲年长近 15 岁，1906 年出生于浙江嵊县北乡的胡村，因在《柳州日报》等报纸上发表政论文章引起汪精卫和日本人的注意而青云直上。不过，在权力倾轧中，1943 年的胡兰成是失意的，发现张爱玲时，正是他在南京被关押的时期。

第一次见面，胡兰成是惊讶的。十余年后，他写文章回忆当时印象，说张爱玲"只觉得与我所想的全不对"，看上去像一个女学生，"又连女学生的成熟亦没有"。胡兰成甚至开始担心张爱玲生活贫寒，询问她写稿的收入，而她也像学生一样老老实实回答。

没见到真人之前，胡兰成对张爱玲的文章是惊艳，见到了，发现张爱玲跟他的想象全然不同，却说"我时常以为很懂得了什么叫惊艳，遇到真事，却艳亦不是那艳法，惊亦不是那惊法"。

张爱玲甚至改变了胡兰成对惊艳的定义。这样的情感撞击，必然会溢于言表。胡兰成开始赞扬张爱玲的作品，叙述自己的生平经历，这一谈就是五个小时，主要是他讲她听。送张爱玲出门，两人并肩走着，胡兰成还说了一句调笑话："你的身材这样高，这怎么可以？"

张爱玲没起反感。被一个男人当面爱慕，又是这样一个热情、大胆、有经历、有才华、特意与她交往的人，她的心里是欢喜的。

第二天，胡兰成回访张爱玲，为她房里的华贵气而不安。他第一次看小说时是单纯的惊艳；第一次看到她本人时，是艳亦不是那艳法，惊亦不是那惊法；第一次到她房间，他依然是惊艳。这一次，华贵的艳，令他不安了。华贵，指的是张爱玲精心选择的家具摆设，也包括她身后显赫的家世背景。

这次见面后，胡兰成给张爱玲写了一首新诗，并称赞了她的谦虚，而她回答他的只八个字："因为懂得，所以慈悲。"

她懂得胡兰成，懂得他在她面前一谈几个小时的卖弄和讨好。她懂得胡兰成经历的人世沧桑，也能看出他在许多方面的深浅。她之所以谦虚地聆听，因为懂得，也因为——喜欢。

相爱 陷入尴尬

张爱玲是知道胡兰成的政治立场和一些缠杂不清的情事纠葛的，但她喜欢跟胡兰成的相处。在一起时，两人似乎有说不完的话。这样往来了三四次，张爱玲忽然烦恼了，送了字条给胡兰成，让他不要再去看她。

有爱，才会有烦恼。胡兰成深谙男女情事，自然懂得这一点，于是当作无事一样，当天又照样去看她。张爱玲见了也欢喜如常，像是根本没写过字条。之后，胡兰成说起张爱玲那张曾刊在《天地》上的相片，张爱玲取出相赠，并在相片后题上了一行字：

"见了他，她变得很低很低，低到尘埃里，但她心里是欢喜的，从尘埃里开出花来。"

张爱玲写了那么多爱情小说，跟胡兰成却是第一次谈恋爱。她期待有这样一个人出现时，这个人就来了。

　　于千万人之中遇见你所要遇见的人，于千万年之中，时间的无涯的荒野里，没有早一步，也没有晚一步，刚巧赶上了，那也没有别的话可说，唯有轻轻地问一声："噢，你也在这里吗？"

　　这是 1944 年 4 月张爱玲在《爱》的结尾写的一段话。文章根据胡兰成义母的身世写来，张爱玲突出了一个场景、一个片段、一句问候。她写的是胡兰成的义母，又何尝不是写的她自己？

张爱玲

　　她跟胡兰成相爱了，新鲜与欢快充溢在两人的交谈之间。用胡兰成的话来说，他们在一起，"男的荒了耕，女的荒了织"。

　　胡兰成早就有妻有子，先后娶了唐玉凤、全慧文，与上海人俗称的"白相人嫂嫂"佘爱珍关系暧昧，又与舞女出身的应英娣在南京同居。与张爱玲恋爱时，胡兰成与全慧文的感情并未完全破裂，与应英娣在南京还有家。胡兰成一个月回上海一次，住上八九天，每天只到张爱玲处，两人只是坐在房里讲话，主要仍是他讲，她听兼点评。

胡兰成

　　南京的女人听闻风声，在他人唆使下，开始与胡兰成"大闹特闹，醋海风波，闹得满城风雨"。而这场闹，张爱玲虽然一切任由胡兰成处置，却实实在在地因此陷入了尴尬的境地。

这场风波的结果，是全慧文主动提出离婚，胡兰成安置好从前的女人们，向张爱玲提出结婚。1944 年春夏之交，两人没有举行正式的结婚仪式，写了份婚书文件为凭：

胡兰成张爱玲签订终身，结为夫妇，愿使岁月静好，现世安稳。

前两句是张爱玲写的，后两句是胡兰成加上的，旁边再写上张爱玲的大学同学——印度女朋友炎樱为媒做证。

时代仓促，生命无常。张爱玲深知这一点，但她要的还是"终身——夫妇"。胡兰成比她洒脱，他要的是现世安稳。

婚后 再陷尴尬

关于婚后生活，胡兰成写道："我们虽结了婚，亦仍像是没有结过婚。我不肯使她的生活有一点因我之故而改变。两人怎样亦做不像夫妻的样子，却依然一个是金童，一个是玉女。"

胡兰成写他和张爱玲的夫妻生活，写得倒是漂亮潇洒，实际上婚后两人相处的日子也确实少得可怜。而这一年，却算得上是张爱玲创作的巅峰时期。

1944 年 11 月，胡兰成离开上海，启程西行。由他的日本朋友池田陪同，带着沈启无、关永吉飞往武汉，去接收《大楚报》，幻想在日本人的扶持下创立一个"大楚国"。

这当然是做梦。胡兰成到武汉后，办报谈不上成功，所谓"开辟一块天地的施政宏图"，更是痴人说梦。对他真正有意思的是，他在当地又找了一位女朋友——

周训德。

　　报社在汉口，胡兰成住在隔着汉水的汉阳医院宿舍。医院有六七个女护士，与他住楼上楼下。胡兰成和小周好上时，他跟张爱玲还算得上新婚，两人的鱼雁往来非常频繁。

　　1945 年 3 月，胡兰成回了一次上海。他先在南京停留，再往上海，又去张爱玲处流连。他对张爱玲说起小周时，没有隐瞒，却说得含糊不得要领。在他看来，张爱玲似乎不怎样妒忌。

　　张爱玲也跟他说起，有个外国人通过她姑姑向她表示意思，希望与她交结，还可以每月贴一点钱。

　　胡兰成不明白张爱玲为何搬出那个轻狂的外国人。他有些不快，但对他自己的喜新厌旧、随处见猎心喜，对他的滥，胡兰成却真的以为，张爱玲"愿意世上的女子都喜欢我"，"我们两人在的地方，他人只有一半到得去的，还有一半到不去的"。

　　他读不懂张爱玲的内心，误解的同时，顺便拔高了自己。胡兰成根本就没有意识到，与小周的这场露水情缘，那些为他自己开脱的辩词，恰恰使张爱玲再次陷入尴尬的境地。

　　张爱玲对这件事的态度，多年以后，在半自传体小说《小团圆》里说得明白真切。

胡兰成

母亲黄逸梵

张爱玲

九莉对自己说："'知己知彼。'你如果还想保留他，就必须听他讲，无论听了多痛苦。"但是一面微笑听着，心里乱刀砍出来，砍得人影子都没有了。"

——《小团圆》

这次回来，胡兰成的主要目的不是看望张爱玲，而是送他侄女青芸到杭州成婚。

两个月后，胡兰成从上海乘飞机重返武汉。小周瘦了，人也恹恹的，看到胡兰成回来，她重新变得容光焕发。1945 年 8 月 15 日，日本投降，胡兰成却不肯接受现实，丧心病狂地拒绝重庆方面的接收，遭到政府通缉。胡兰成告别小周，留下几两金子几只戒指共计十两，又送了一包半米到小周家，9 月 2 日，他乔装成日本伤兵坐日本船逃离武汉，开始了长达五年的逃亡生涯。

探夫　三陷尴尬

1945 年 9 月 5 日，胡兰成逃到南京，坐火车到上海，藏匿于虹口一户日本人家里，眼看这里也不可久留，胡兰成就去张爱玲处过了一宿，打算次日潜往浙江。

他们还是夫妻。大难临头，胡兰成说："有朝一日，夫妻大限亦要来时各自飞。"他又说："我必定逃得过，唯头两年里要改姓换名，将来与你虽隔了银河亦必定我得见。"

张爱玲说："那时你变姓名，可叫张牵，又或叫张招，天涯海角有我在牵你招你。"

1945 年 12 月，胡兰成走金华往温州，一路上与故友的家属——斯家姨太太范秀美同行。对于胡兰成来说，天涯海角的牵招，抵不过乱世中的一星半点温存，没过几天，他就跟范秀美结为了"夫妻之好"。到温州之后，胡兰成见他暂时平安，便取出了从上海出逃时带的一两黄金，交给范秀美，与她母亲三个人安安妥妥地过起了隐居的小日子。

　　身在上海的张爱玲却是片刻难安。她对胡兰成的感情虽因小周的缘故有了罅隙，但丈夫遇难，作为妻子，于情于理，她都想去探望一次。于是，1946 年 2 月，张爱玲一路寻夫，到了温州。

　　胡兰成在温州安下身后曾写信去上海，去上海的信是通过斯君转的，所以张爱玲此次也就先到诸暨，再由斯君夫妇陪同前往。

　　到了温州后，张爱玲住在中山公园旁的一个旅馆内。胡兰成并不欢迎她来，态度显而易见。——这是自然的，他已跟范秀美夫妻相称。还有一点，在张爱玲面前，胡兰成始终是低的，他的出身，他的文章。唯一能将他拔高一截的，是他曾经的地位。如今这一点是没有了，取而代之的是，他有范秀美，有他念念不忘的小周，有乱世中安置好自己的本领。

张爱玲

胡兰成白天去陪张爱玲，两人互诉别后，也谈天谈小说电影，他还陪张爱玲一起上街，在温州城里闲逛。然而，胡兰成从不在旅馆里过夜。他的说法不是为避忌范秀美，而是怕警察来查夜。

他还没将与范秀美的事告诉张爱玲，不过，他并不掩饰与范秀美的亲近。

张爱玲提出要胡兰成在她与小周之间有个选择，胡兰成不肯，说是与小周相见无期。张爱玲深感失望。

"你到底是不肯，我想过，我倘使不得不离开你，亦不致寻短见，亦不能再爱别人，我将只是萎谢了。"

清晨，胡兰成与张爱玲在旅馆说着话，隐隐腹痛，他忍着不说。等到范秀美来了，他一见她就说不舒服。范秀美问他痛得如何，说等一会儿泡杯午时茶就会好的。

张爱玲看出来了。胡兰成当自己是外人，范秀美才是他避居温州的亲人。

这一次，张爱玲再度陷入胡兰成带给她的尴尬中。不同于两人结婚前胡兰成尚未离婚，也不同于在武汉胡兰成与小周和她的三角关系，跟范秀美之间，胡兰成等于是又有了一段婚姻。短短两年，三个女人，几度姻缘，胡兰成却以不变应万变，既不安慰张爱玲，也不求得她的原谅。

我已是不喜欢你了

张爱玲的心，冷了。

从前他对她，让张爱玲觉得自己的特别与备受珍惜。时间长了，看得深了，原

张爱玲与赖雅

张爱玲

来特别的人不是自己而是胡兰成，备受胡兰成珍惜的人也不是她，甚至不是任何女人，而是胡兰成本人。

张爱玲决定跟胡兰成分手。

临回上海的前一夜，张爱玲到范秀美家去了一次，想看看胡兰成究竟生活得怎样。亲眼目睹胡兰成和范秀美居住的环境和困顿的生活，张爱玲的愤怒和委屈软化了一些。曾与她倾心相爱的人，即便是负了她，屡屡陷她于尴尬境地，但看到他过得并不好，她仍是懂得他的困难。

回上海后，张爱玲给胡兰成寄了些钱。

1946年10月，胡兰成在诸暨斯家楼上躲了八个月后，与范秀美暗地商量仍回温州。他先走，取道上海再去温州。到上海后，胡兰成仍不敢回家，往张爱玲处过了一夜。

这是张爱玲和胡兰成最后一次见面。胡兰成将他对张爱玲温州探访一事的不满发泄出来，责怪张爱玲对斯君的态度过于简慢，又挑剔她的无礼。这一夜，两人过得很不愉快，但张爱玲没有提出分手。

1947年，胡兰成在温州诸事顺遂，渐渐立定脚跟，笔下轻佻了。他给张爱玲的信中写他与邻家妇"灯下坐语"，张爱玲不客气地回信道："我觉得要渐渐地不认识你了。"

5月，胡兰成得意地写信夸耀，说他认识了温州大儒，又与梁漱溟通信成了"相契"，《中国文明之前身与现身》越写越顺手，将来再现世上，便以此书作"见面礼"。轻狂话一涌而出，轻佻自得劲显露无遗。

6月初，张爱玲做出了她最后的决断：

我已是不喜欢你了。你是早已不喜欢我了的。这次的决心，我是经过一年半的长时间考虑下定的，彼时唯以小吉故，不欲增加你的困难。你不要来寻我，即或写信来，我亦是不看的了。

"小吉"是"小劫"的隐语，指胡兰成的狼狈逃亡。

胡兰成逃亡后，张爱玲不断地给他经济上的接济。胡兰成在浙江东躲西藏，危难中，张爱玲没有断然提出分手，直到他安定下来才表明态度。这一次，张爱玲随信还给他寄了三十万元。情分已尽，她已不再想跟这个人发生任何联系。

胡兰成知道张爱玲的性情，没有写信给她。几天后，他给张爱玲的女友炎樱写了封信，但也只是为了"敷衍世情，不欲自异于众"。

炎樱没有回他的信。张爱玲和胡兰成的一段乱世姻缘，至此了结。

海枯石烂也很快

1945 年之后，张爱玲的新作仍不断问世，技巧更为圆熟，但小说人物的传奇色彩则逐渐减弱，取而代之的是在苍凉辽阔的人生背景下挣扎生存的平凡人物。

小说之外，张爱玲还写了电影剧本。她依然很受欢迎，《十八春》在上海《亦报》连载时，有个跟曼桢同样遭遇的女子，从报社探悉出张爱玲的地址，一路寻到她公寓来，倚门大哭，令张爱玲不知所措。

她也遇到其他男子，也不是没有爱的感觉。只是一场大恸之后，她需要的是时间。

她是如何熬过那段日子的？在半自传体小说《小团圆》中，有这样一段话：

她从来不想起之雍，不过有时候无缘无故地那痛苦又来了。威尔斯有篇科学小说，《摩若医生的岛》，写一个外科医生能把牛马野兽改造成人，但是隔些时又会长回来，露出原形，要再浸在硫酸里，牲畜们称为"痛苦之浴"，她总想起这四个字来。有时候也正是在洗澡，也许是泡在热水里的联想，浴缸里又没有书看，脑子里又不在想什么，所以乘虚而入。这时候也都不想起之雍的名字，只认识那感觉，五中如沸，浑身火烧火辣烫伤了一样，潮水一样地淹上来，总要淹个两三次才退。

她看到空气污染使威尼斯的石像患石癌，想道："现在海枯石烂也很快。"

1952 年，32 岁的张爱玲以完成战时中止的学业为由，申请去了香港，在那里结识了她终身挚友宋淇夫妇。三年后，张爱玲移民美国。

1956 年春天，在位于新罕布什尔州的麦克道威尔文艺营中，张爱玲遇见了 65

岁的美国戏剧家甫德南·赖雅（Ferdinand Reyher）。

赖雅很有才华，知识渊博，热情爽朗，颇有情趣，曾结过一次婚，有个女儿。他不愿意被家庭束缚，很快和妻子离了婚。与胡兰成的政治立场截然不同，赖雅是个热情的马列主义拥护者。

张爱玲和赖雅一见面就有似曾相识之感，每天都有说不完的话，文学、人生、人性，两人越谈越投机。等到赖雅在文艺营的期限已到，不得不离开时，他们已如胶似漆，难舍难分。1956年7月5日，张爱玲在信里告诉赖雅，她怀了他的孩子。赖雅向她求婚，但是希望她堕胎，不要孩子。

经济上的拮据，生活的困顿，的确也不适合要孩子。张爱玲同意了赖雅的要求，8月18日，他们在纽约结了婚。

在异国他乡，遇到一个在精神上有呼应的男人，是幸运。不幸的是，变化随即而来。赖雅太老了，婚后两个月，赖雅中风了。从此，张爱玲开始了她照顾老丈夫的十年生涯。

英文写作不顺利，丈夫年老多病，张爱玲却没有提出退出这段婚姻。她在香港和美国两地穿梭，赚钱给赖雅治病，尽可能使赖雅过得干净、舒服些。为了这个"钱、才双尽的美国老头儿，彻底地摧毁了自己的健康和才情"。

"我有时觉得，我是一座岛。"

"人生是在追求一种满足，虽然往往是乐不抵苦的。"

1967年，在张爱玲的陪护下，赖雅走完了他人生最后的旅途。

万转千回之后

在《小团圆》结尾，张爱玲写道：

她从来不想要孩子，也许一部分原因也是觉得她如果有小孩，一定会对她坏，替她母亲报仇。但是有一次梦见五彩片《寂寞的松林径》的背景，身入其中，还是她小时候看的，大概是名著改编，亨利·方达与薛尔薇雪耐主演，内容早已不记得了，只知道没什么好，就是一支主题歌《寂寞的松林径》出名，调子倒还记得，非常动人。当时的彩色片还很坏，俗艳得像着色的风景明信片，青山上红棕色的小木屋，映着碧蓝的天，阳光下满地树影摇晃着，有好几个小孩在松林中出没，都是她的。之雍出现了，微笑着把她往木屋里拉。非常可笑，她忽然羞涩起来，两人的手臂拉成一条直线，就在这时候醒了。二十年前的影片，十年前的人。她醒来快乐了很久很久。

半自传体小说《小团圆》写于 1975 年。直到 1993 年，张爱玲去世前两年，她还在不断修订这本书。因为种种原因，小说初稿完成时，胡兰成身在台湾，张爱玲和挚友宋淇在信件中都很顾忌这个事实，担心小说出版后引发波澜，因此，直到 2009 年，张爱玲的遗产执行人——宋淇夫妇的儿子宋以朗才将此书出版。

关于这本书，张爱玲在 1976 年 4 月 22 日写给宋淇夫妇的信中说道：

这是一个热情故事，我想表达出爱情的万转千回，完全幻灭了之后也还有点什么东西在。

爱情，注定以幻灭收场。只要曾相爱过，万转千回之后，总会留下点什么。

· 苏青：

本名冯和仪，1914 年 5
月 12 日出生于宁波浣锦乡，
1933 年考入南京国立中央大
学外文系，1934 年寒假和李
钦后结婚，后因生子，从中
央大学辍学。其作品《结婚
十年》曾红遍孤岛时期的上
海滩。

· 李钦后：

苏青前夫。

· 陈公博：

曾任上海伪市长，视苏
青为红颜知己。

六
苏青
俗世女子俗世梦

苏青很清楚自己在婚姻围城中得到了什么，她想知道的是，离开围城，她是不是能得到自己理想的生活。

她只是想让自己过得好一点，借了红尘中烈火烹油处的那一点火星儿，何曾料到会引火焚身？

有交换条件的订婚

苏青本名冯和仪，1914 年 5 月 12 日出生于宁波浣锦乡。"和仪"这个名字是祖父取的，取"鸾凤和鸣，有凤来仪"之意。苏青的祖父是清末举人，父亲是庚子赔款留学生，在美国哥伦比亚大学获经济学硕士学位，母亲毕业于女子师范学校，当过老师。这样的家世，自然不坏。不过，1930 年苏青中学毕业时，因父亲过世，她家的经济环境已变得很差，必须依靠外力才能继续读书。

这股外力，指的是苏青的婆家——后来一度成为宁波首富的李家。

说起来，苏青和李家公子李钦后也算得上是自由恋爱。

李钦后与苏青是同班同学，外貌英俊，英语口语很好。有一次学校举办文艺会演，排演莎士比亚的《罗密欧与朱丽叶》，李钦后演罗密欧，苏青扮演朱丽叶。演过情侣的两位男女同学，自此比旁人的交往要密切得多。

李钦后的父亲是新发迹的财主，很看重苏青家的书香门第，见儿子与冯家女儿两情相悦，便请账房先生去冯家说媒。媒人转达了李家的心意：两家联姻后，冯小姐和弟弟的读书都没问题了，而且订婚的一笔聘礼，可以折成现金存放在李家开设的钱庄里，女方家里可以随时取用。

苏青的母亲看重的是财，是实惠，况且女儿和李钦后也有感情基础，如此两全其美的事，自然会应允。母亲略做考虑后就答应了李家的求婚，但她提出一个条件，必须等苏青读完大学，才让小两口完婚。

订婚后，苏青进入浙江省立第四中学读高中部乙组，未婚夫李钦后也在同校高中部甲组读书。逢年过节，苏青的弟妹们常常住到李家，那儿有厨师，有吃有喝，又有戏看。李钦后的父亲知道未来的儿媳成绩优异，每次见面就喊她："大学生，大学生。"苏青虽未过门，但她和李家的姻亲关系，因为经济上的依赖，实际上已不可更改，并且受制于对方了。

1933年，苏青考入南京国立中央大学外文系，李钦后则因成绩不及格留了一级。苏青在学校时常在校刊发表作品，被老师和同学誉为"天才的文艺女神"，风头很劲，如今她先一步进了青年才俊云集的中央大学，李钦后唯恐情海生变，赔了夫人又

苏青

折兵，提出提前结婚。

李家出尔反尔，罔顾订婚时的约定。可是苏青实际上已算是李家的人了，结婚后夫家还会继续供她读大学，她还有什么理由拒绝呢？

1934 年寒假，苏青和李钦后结婚。李钦后后来考上了东吴大学上海分部的法律系，苏青却因为生孩子，从中央大学辍学了。

变化总比计划快。只因这变化完全符合事物发展的客观规律：订婚、结婚、怀孕、生子、辍学回家；而这计划原本就充满了投机性和太多的不确定：苏青的母亲用女儿的婚姻交换子女们读书的机会，李家要确保他们的投资不打水漂，最直截了当的做法，当然是速速给子女完婚，让苏青尽到为夫家传宗接代的责任和义务。

一记耳光催发的自立意识

1934 年底，苏青生了一个女儿。

宁波人重男轻女，生个女儿，不能为夫家延续香火，上自公婆下至小姑，对此都很失望。一夜之间，苏青在婆家的地位一落千丈。丈夫李钦后在上海读书，苏青在宁波带孩子，生活无虞，精神上却很无聊。望着怀中甜睡的女儿，苏青非常感慨："从此再也不要养孩子了，养的时候多痛苦，养下一个女的来，又是多么难堪呀！结婚真没有多大意思，说到两个人的心吧，还是隔得远远的，说到男女间的快乐，一刹那便完了，不过十分钟，却换来十月怀胎，十年养育的辛苦。"

生下女儿后，苏青最大的消遣就是看杂志，最喜欢看的是《论语》，那上面的文章，常常说出她想要说的话。现在的她，算是初尝婚姻生活的冷暖心酸，心有郁结，找不到疏散之途，干脆提起笔来，写了一篇《产女》，投寄到《论语》杂志社。

文章开篇直抒胸臆：

古国古礼，无子为七出之一，为人妻者，无论你德容言工好到怎样程度，可是若生不出儿子的话，按理据法，就得被丈夫逐出去；即使"夫恩浩荡"，不忍逼令大归，你就得赶快识趣，劝夫纳妾图后，自己却躲在"不妒"的美名下噙着眼泪看丈夫和别的女人睡觉。反之……

很快，1935 年 6 月 16 日出版的《论语》杂志上刊登了她的文章，只是将标题改为《生男与育女》。首发即中，不仅消解了心中郁积的愤懑，还得了稿费五元，苏青自信心大增，"女人也能用自己的智慧赚钱"。

两个月后，苏青又在《论语》上发表了她的第二篇文章《我的女友们》。她在文中剖析了自己婚前婚后对友情的想法变化，感叹："女子是不够朋友的。无论两个女人好到怎样程度，要是其中有一个结婚的话，'友谊'就进了坟墓。"

这样的观点，自然引起年轻读者的共鸣，受到追捧。

1935 年秋天，苏青将女儿留在婆家，她则随着李钦后到了上海，在北四川路附近借了一间房子，过起了两人世界。

李钦后白天在市内中学教书，晚上去夜大学习，人很疲惫，薪水却很微薄。他的自尊心很强，但能力有限，所以还是得依靠宁波家里寄钱来，才能维持他们的日常生活。

苏青跟公婆住一起时，是心情上的烦闷和憋屈，生活上不必操心。现在她跟丈夫单独过日子，远离了大家庭的各种束缚，但因经济拮据引发的争执，却越来越频繁。

有一次，苏青找李钦后要钱做家用，因是当着外人的面，说话语气又硬，李钦后面子难堪，恼羞成怒，甩手给了苏青一记耳光："你也受过教育，是知识分子，可以自己去赚钱养活自己啊！"

耳光响亮，连那句随后附赠的讽刺，也掷地有声。苏青是受过教育，论起知识水平来，她甚至要超过李钦后。可她是女人，女人多承担着一种叫作生育的工作。女人怀孕生子，丈夫就该给她钱用。

看样子，她的丈夫并不认同这一观点。也许他认同，只是他手头拮据，赚的钱总不够花。无论是哪个原因，苏青都得自立，她要证明：女人不需要男人来养活。

盛世心肠乱世人

她能怎样养活自己呢？正好这时《宇宙风》编辑陶亢德向她约稿，苏青立刻写了《科学育儿经验谈》和《现代母性》两篇文章奉上，分别刊登在第一和第二期上。

稿费不多，却给苏青挣了面子，多少也贴补了小家庭的开销。苏青扬眉吐气，李钦后嗤之以鼻。老婆伸手要钱，他不满；老婆能赚钱，他还是不满。也许他就是对苏青这个人不满意，也许他是因自己无法独立赚钱养家而不甘。李钦后这个富家子，好面子，能力弱，碰到苏青这样性格刚硬言辞欠缺委婉的女人，不遇事还好，但凡遇到点麻烦，两人发生争执互相斗气，几乎是不可能幸免的事。

1936 年，苏青生下第二个女儿，婆家人越发不满。苏青不想再养孩子，但事实上，她结婚后最主要的工作，就是不停地怀孕、生子。1937 年，第三个女儿在八一三的隆隆炮声中出生，因逃难，孩子寄养在乡间农家，没多久便夭折了。

公婆的冷眼，丈夫的羞恼，全落在苏青身上。她没有办法，心里苦兮兮的，日子磕磕绊绊的，可还是得过下去。

苏青

1938 年，苏青和李钦后再次从宁波回到上海，随着李钦后在洋行找到工作，后来又自己挂牌当律师，家庭经济情况好转，夫妻俩相处也平静了许多。1939年秋天，苏青全家搬到上海辣斐德路（今复兴中路）附近的新房子中，夫妻俩和孩子们在一起度过了一段相对美满的生活。

苏青在《生男与育女》中写过："一女二女尚可勉强，三女四女就够惹厌，倘若数是在'四'以上，则为母者苦矣！"简直是一言成谶，现实中的苏青，居然连生了四个女儿（三女夭折），到老五，才是儿子。

张爱玲在《我看苏青》里这样评价道：

苏青是乱世里的盛世的人。她本心是忠厚的，她愿意有所依靠；只要有个千年不散的筵席，叫她像《红楼梦》里的孙媳妇那么辛苦地在旁边照应着，招呼人家吃菜，她也可以忙得兴兴头头。她的家庭观念很重，对母亲，对弟妹，对伯父，她无不尽心帮助，出于她的责任范围之外。在这不可靠的世界，要想抓住一点熟悉可靠的动心，那还是自己人。

说起来，苏青的丈夫李钦后，和他很年轻时就相识，一起读书长大，又是她孩子们的父亲，无论如何，倒真正算得上是苏青的自己人。

倘若日子一直这样过下去，苏青的命运或许会是另一番局面。可惜的是，生活从来不会波澜不兴，战乱中的日子，尤其波诡云谲。

1941 年 12 月 8 日，太平洋战争爆发。日军攻进上海租界后，李钦后的律师事务所只能关门歇业。不当律师的李钦后，只能办些非诉讼性案件，收入锐减。而在这时，宁波老家的公婆和小姑夫妇又都来到上海，投奔李钦后。如此一来，苏青和李钦后的生活负担就变得极其沉重，简直可称之为雪上加霜了。

十年婚姻一场梦

由于家庭生活变得十分困难，苏青的稿费反而成了维持日常生活的保障。

日间我带领两个孩子，晚上写文章，稿费千字二三十元不等的，我常常独坐在电灯下直写到午夜。暑天的夜里是闷热的，我流着汗，一面写文章一面还替孩子们轻轻打扇，不然他们就会从睡梦中醒来打断我的思绪，而且等写完快要到五更了。

她需要钱，没有钱，这个家就维持不下去。实际上她已经撑不住了，李钦后跟她的关系，几乎是在崩溃的边缘。

钱可以辛苦赚到，丈夫的爱与体贴，却是昨日之花，再也看不到了。苏青的公公去世后，李钦后常常深夜不归，借酒浇愁，还闹出了一场外遇！

一天下午，画家董天野登门找苏青商量一篇文章的插图，谈完工作下楼，正遇上李钦后。这名正陷于人生低谷期的软弱男子，不问青红皂白，当着亲戚、外人的面，上去就给苏青两耳光。多年积怨就此迸发，苏青当天下午离家出走，暂居一位朋友家中。

1942 年 10 月，苏青写了一篇文章《论离婚》，发表在《古今》杂志上。

性的诱惑力也要遮遮掩掩才得浓厚。美人睡在红绡帐里，只露玉臂半条、青丝一缕是动人的，若叫太太裸体站在五百支光的电灯下看半个钟头，一夜春梦就做不成了。总之夫妇相知愈深，爱情愈淡，这是千古不易之理。恋爱本是性欲加上幻想成功的东西。青年人青春正旺，富于幻想，故喜欢像煞有介事的谈情说爱，到了中年洞悉世故，便再也提不起那股傻劲来发痴发狂了，夫妇之间顶要紧的还是相瞒相骗，相异相殊。闹离婚的夫妇一定是很知己或同脾气的，相知则不肯相下，相同则不能相容，这样便造成离婚的惨局……

——《论离婚》

陈公博

苏青道出了一些婚姻的实质和真相，偏巧有位同样有此心境的人读了此文，大生知己之感。

此人名叫陈公博，是个大人物，时任伪上海市长。《论离婚》得到陈公博的赏识，《古今》杂志社老板朱朴赶紧怂恿苏青再写两篇文章捧捧陈市长。苏青原本就处在山穷水尽的人生瓶颈中，连生病都不敢放弃写作，朱朴的建议对她来说，等于是为她指了一条路。苏青为物质生活所迫，再加上她生性爽快，不仅真的写了一篇吹捧文章《古今的印象》发表在 1943 年 3 月《古今》"周年纪念专号"上，还写得相当肉麻。

陈氏是现在的上海市长，像我们这样普通小百姓，平日是绝对没有机会可以碰到他的。不过我却见过他的照相，在辣斐德路某照相馆中，他的十六时放大半身照片在紫红绸堆上面静静地叹息着。他的鼻子很大，面容很庄严，使我见了起敬畏之心，而缺乏亲切之感。他是上海的市长，我心中想，我们之间原有很厚的隔膜。及至开始读他第一篇文章的时候，我的性情改变了不少。他把上海的市长比作 Number one Boy（头号仆人），这个譬喻便是幽默而且确切，他是个很有趣的人，我心中想，隔膜薄了好些……

文人吹捧政客，吹得到位了，政客心中必然十二分舒心。而一位女文人，如此肉麻地表达她对市长的仰慕崇拜之情，即便是假话，听的人也愿意当真了。

陈公博将苏青引为红颜知己。他听周佛海的老婆说，苏青刚跟丈夫分居，目前尚存衣食之虞，就给苏青写了一封信，信中许诺她做市政府的专员，月薪一千元没有问题。

这种天上掉馅饼的好事，苏青想都不想就接受了。有了这笔钱，租房子买家具等难题，都可以迎刃而解。

文字中的苏青，犀利、尖锐，凡事可自圆其说；现实中的苏青，只是直抒胸臆，抓住眼前的材料大做文章赚取稿费。她向读者展示的是客观事实，并无高明思路。她的文章与她的处事方式一模一样：抓住眼前的实际，为我所用。

陈公博是伪市长又如何？只要对她有好处。

与陈公博交往密切后，苏青想办杂志，陈公博自然鼎力支持。1943 年 10 月，苏青开办了《天地》杂志，诸多文人和政客都写文章捧场，热闹一时。尤其是《天地》杂志几乎每期都有张爱玲的文章，更为这本杂志增加了知名度。

苏青一人办着一本杂志，集策划、编辑、发行于一身，还继续写着小说、散文，一时间声名大噪，红遍上海滩。而她在事业最得意时，也于 1944 年与李钦后结束

了分居的状态，两人协议离婚。

　　十年婚姻一场梦。离婚，有赌气的成分；更多的，则是经过了仔细思考。苏青很清楚自己在婚姻围城中得到了什么，她想知道的是，离开围城，她是不是能得到自己理想的生活。

理想生活不可得

　　1944 年，苏青在《风雨谈》上连载的长篇自传体小说《结婚十年》出版单行本，半年内再版九次，人们争相购买，盛况空前，创造了出版史上的一个奇迹。《结婚十年》以细腻平实的语言，叙述了一名知识女性苏怀青结婚、辍学、生子、逃难、夫妻感情从平淡到不合最终离异的全过程。在后记中，苏青总结道：

　　女人在男人跟前似乎应该是个弱者，至少也当装得弱一些……照社会上一般的观念，女人不妨聪明，但却不可能干；能干在家事上犹自可恕，若在社会事业上也要显其才能，便要使男子摇头叹息。还有女人也不能有学识，因为一般男子也是无甚学识的，他们怕太太发出来的议论远较自己高明得多。——自然真正有学问有见识能治事的男人是不怕太太有本领的，不过这类男人也似乎不多，因此能够浅薄便好。

真正称得上儒雅有担当，或者乐观开朗幽默、对生活充满热情豪气的，让女人敬爱的男人少之又少。于是许多聪明的女人为了让家庭和谐，宁愿装傻装弱。可是这个傻和弱还得拿捏好分寸，遇到挠头的事，你还得挺身而出，因为大多数的男人是怕麻烦的、内心是缺少担当的。

这两段，真像她对自己与李钦后相处十多年的总结。苏青是聪明的，她什么都明白，但她也是骄傲的，明知稍微改变一下自己的处事方式，情势就会转好，偏偏不干。在她内心深处，还在渴望一个"真正称得上儒雅有担当，或者乐观开朗幽默、对生活充满热情豪气的，让女人敬爱的男人"。

一个看上去如此现实、世俗的女人，谁知她心里竟有这样一个不现实的少女梦！

关于离婚，苏青评价道：

本书中男女主角其实都不是什么大坏人。而且其实也没有什么必须分离的理由，然而因为现代的社会环境太容易使得青年男女离婚了，于是他们便离了婚。以后男的也许会放荡几时，玩得厌了，另外结婚。女的也许致力于事业方面，也许很快就嫁人，是祸是福且不管它，总之他们都还是会活下去的。所可怜者无非是这几个孩子。

我带着十二万分惋惜与同情之感来写完这篇《结婚十年》，希望普天下夫妇都

苏青

能够互相迁就些。可过的还是马马虎虎过下去吧，看在孩子分上，别再像本文中男女这般不幸。

　　对于未来，苏青写得很清楚，她要致力于事业，并且希望能遇到她理想的对象。

　　她的理想生活是：

　　丈夫要有男子气概，不是小白脸，人是有架子的，即使官派一点也不妨，又还有点落拓不羁。他们住在自己的房子里，常常请客，来往的朋友都是谈得来的，女朋友当然也很多，不过都是年级比她略大两岁，容貌比她略微差一点的，免得麻烦。丈夫的职业性质是常常要有短期的旅行的，那么家庭生活也不至于太刻板无变化。丈夫不在的时候也可以匀出时间来应酬女朋友。偶尔生一场病，朋友都来慰问，带了吃的来，还有花，电话铃声不断。

　　她说："女朋友至多只能够懂得，要是男朋友才能够安慰。"离婚后，苏青身边从来不乏"风雅之士"，他们赞赏她的文章，引她为红颜知己，与她推心置腹，亲密无间，然后，让她失望。

张爱玲的好友炎樱曾评价苏青："我想她最大的吸引力量，是男人总觉得他们不欠她什么，同她在一起很安心。"

苏青则认为，"她就吃亏在这里。男人看得起她，把她当男人看待，凡事由她自己负责。她不愿意了，他们就说她自相矛盾，新式女人的自由她也要，旧式女人的权利她也要"。

这原是一般新女性的悲剧；可是苏青我们不能说她是自取其咎。她的豪爽是天生的。她不过是一个直截的女人，谋生之外也谋爱，可是很失望，因为她看来看去没有一个是看得上眼的，也有很笨的，照样地也坏。她又有她天真的一面，轻易把人幻想得非常崇高，然后很快地又发现他卑劣之点，一次又一次，憧憬破灭了。

——张爱玲《我看苏青》

苏青恨这些男人，但她为了生活，还是得与他们周旋。她说自己吃了亏没处诉说，又说她"这才佩服欢场女子敲竹杠的手段，没有爱情，给人玩了还有金钱补偿，自己不幸是良家妇女，人家不好意思给钱，也乐得不给，但爱情也仍是没有的"。

苏青的犀利直言，广受欢迎，也招来争议。而苏青的事业成功，则让人眼红，引发各种猜测。有人根据她的文章和人际交往大造舆论，又因她的文字不讳谈性，一时间，各种小报对她大加评议，毁多于誉。

但她已停不住了。

她不能停止写作和社会活动，她有孩子，有家累。

她没有遇到理想的结婚对象。她顾忌着儿女，生怕孩子们受苦，仅有的再婚机会，就在她的犹豫中，一闪而过，再也没有光顾她的生活。

记者在采访苏青时曾问过她："女人常说，男人都不可靠，你以为怎样？"

苏青回答："我并不存什么偏见，只不过在一切都不可靠的现代社会里，还是金钱和孩子着实一些。我宁愿让感情给孩子骗去，而不愿受别的不相干的人的骗。"

谁知身世不太平

苏青有着宁波人的热辣能干，也有着上海人的精明务实。离婚后的苏青，不仅写作、办杂志，实际上还成了社会活动家，出席了一些有亲日行为的会议，担任过"中日文化协会"的秘书。

因为受过周佛海夫人的恩惠，得到一些当时的权势人物的支持，苏青的为人，是必还这个人情的，于是，由她代笔，在《天地》创刊号和第四期上，发表了署名为"周杨淑慧"的《我与佛海》、《在日本的小家庭生活》两篇文章。

抗战胜利后，在1945年11月出版的司马文森编的《文化汉奸罪恶史》中，苏青的大名赫然在列。尽管她辩解自己纯属卖文谋生，与政治无关，但在客观上，当年她与这些人的瓜葛，都成了苏青人生历史上抹不去的一笔。

她只是想让自己过得好一点，借了红尘中烈火烹油处的那一点火星儿，何曾料到会引火烧身？

1949 年之后，苏青本可以出国，但因家累，她还是无法一走了之。其后数年，苏青的生活因这段历史，数次陷入困厄之中。

1975 年 1 月，上海黄浦区五七干校给苏青办理了退休，每月只领四十三元一角九分的退休金。苏青与已离婚的小女儿和小外孙蜗居在瑞金路一间十来平方米的房子里，基本断绝了与外界的往来，只与当年的《女声》半月刊主编王伊蔚女士多有书信往来。

在致老友的最后一封信中，苏青写道："成天卧床，什么也吃不下，改请中医，出诊上门每次收费一元，不能报销……我病很苦，只求早死，死了什么人也不通知。人生一世，草木一秋，'花落人亡两不知'的时期也不远了。"

苏青去世前，很想看看她的《结婚十年》，家中没有。后来成为她女婿的谢蔚明，辗转托人找到一本。那一年，这本书尚未开禁，书主人提出速阅速还。谢蔚明为安慰病中的苏青，出高价复印了一册送给她。

曾经红遍"孤岛"的作品，它的作者在垂暮之年贫病交加之际，只能抚摩着一本复印件，回想那依稀如梦的往事。

数十年前，在乱世中的上海，苏青问张爱玲："……究竟怎样是向上，自己也不大知道。……你想，将来到底是不是要有一个理想的国家呢？"

苏青只是一个俗世女子，有一个俗世生活的理想，然而谁又能说，这样的理想是庸俗的、简单的、容易达成的呢？

· 孟小冬：

1907 年 12 月 9 日出生于上海，梨园世家出身，坤伶老生，被誉为"冬皇"。

· 梅兰芳：

名澜，字畹华，艺名兰芳，祖籍江苏泰州，1894 年 10 月 22 日生于北京的一个梨园世家，四大名旦之首。先娶王明华，再"兼祧两房"娶福芝芳，后"名定兼祧"娶孟小冬。

· 杜月笙：

1888 年 8 月 22 日生于上海川沙，上海青帮最著名的人物。1950 年娶孟小冬为五姨太。

七
孟小冬
名分与归宿

> 心高气傲的女人，需要一个能降得住她的男人，需要一座靠山。孟小冬和杜月笙，也算惺惺相惜。而她与梅兰芳之间，曾有过的混沌真情，或许就在那样的心高气傲中，在或明或暗的较劲中，化作了山头一朵流云。

18 岁的明日之星孟小冬

1925 年，年方十八的"坤伶老生"孟小冬，北上京津，谋求一片新的天空。

孟小冬在南方早已声名鹊起，只不过，当时京剧艺人都将北京视为最重要的舞台，"情愿在北数十吊一天，不愿沪上数千元一月"。出身于梨园世家的孟小冬，12 岁登台，扮相俊秀，嗓音宽亮，在坤生中已有首屈一指之势，跑遍江南码头，自然要去北京闯荡一番。

孟小冬 1907 年 12 月 9 日出生于上海，九岁开蒙，向姑父仇月祥学唱老生。

孟小冬聪慧刻苦，天生一副好嗓子，姑父对她管教又严，登台唱戏不久，她的名字就在上海传扬开来。

毫无意外地，姿色端丽、唱功不俗的孟小冬，北上登台一炮而红。

袁世凯的女婿、剧评人薛观澜将孟小冬的姿色与清末民初的雪艳琴、陆素娟、露兰春等十位以美貌著称的坤伶相比，结论是"无一能及孟小冬"。撰写剧评的"燕京散人"对孟小冬的唱腔如此描摹："……最难得的是没有雌音，这在千千万万人里是难得一见的，在女须生地界，不敢说后无来者，至少可说是前无古人。"

明日之星非她莫属。孟小冬扮相既美、台风又潇洒，不知倾倒了多少戏迷。许多人以她为心中偶像，暗恋于她。其中不乏垂涎于孟小冬色相的男人，但也有情根深种沉浸于单相思中的热血青年。

一时间，孟小冬的票房号召力竟已跟梅兰芳形成了打对台之势。

梅兰芳，字畹华，别号缀玉轩主人，十六岁时起了艺名梅兰芳，是红遍大江南北的第一著名青衣兼花旦。这一时期，已过而立之年的梅兰芳刚出访日本归来，事业如日中天。孟小冬在堂会中，经常会遇上他。一位是光彩照人的美少女，一位是风度翩翩的男子，是同行，又都是佼佼者，自然而然就对彼此生出了欣赏仰慕之意。

与梅兰芳合作一场世间最精彩的演出

1926 年下半年的一天，北平政要王克敏过生日办堂会。孟小冬、梅兰芳，均

将嫁梅兰芳之孟小冬（旗装）

在被邀行列。酒筵前，大家商量着晚宴后的戏，有人提议让孟小冬和梅兰芳合演一出《游龙戏凤》。

这出戏唱做并重，梅兰芳常演，并多次与余派名家余叔岩合作。孟小冬呢，虽然师傅曾教过这个戏，之前却尚未演出过。首次出演，还是跟名满天下的梅兰芳合作，孟小冬只望了梅兰芳一眼，就点头应了下来。

师傅仇月祥给孟小冬化了妆，眼皮上的红彩抹得重了些，头上的网子勒得也比较高，效果却出乎意料的好。师傅为她捏了把汗，孟小冬却对这场演出更多一重期待和自信。

是艺高人胆大，还是她和他原本就期待这一场"游龙戏凤"？

他们合作了一场世间最精彩最奇特的演出。台上，她老成英俊，是顶尖的老生；他千娇百媚，是绝佳的花旦。台下，乾坤颠倒，她是正当妙龄的少女，他是风华正茂的男子。

孟小冬

梅兰芳

杜月笙

台下的观众都看到孟小冬和梅兰芳将剧中人演活了！他们看的是正值妙龄年华、情窦初开的孟小冬扮演的皇帝，主动去调戏温文尔雅的梅兰芳扮演的年少村姑。

台上梅孟表演戏耍身段（动作）时，台下简直是开了锅，人人起哄，不断地拍手叫好。

才下戏台，就有宾客提议道："这两位，天生一对，地设一双！他们若凑成段美满婚姻，也是人间佳话。"其他戏迷纷纷叫好，都觉得这是一件两全其美的好事。

几次合作后，众人推波助澜，梅兰芳的顶级戏迷冯六爷，也是一位银行总裁，在大家的推举下做了介绍人。

他俩因戏生情，戏假情真。台上合作珠联璧合，台下若结为伴侣必也琴瑟和谐。外貌、年龄、才艺、名气，无论从哪方面看，戏迷们都觉得他们是天生一对。

戏如人生，人生如戏。

梅兰芳十分愿意，孟小冬那边也心潮起伏，姑父仇月祥却坚决反对。孟小冬跟梅兰芳结婚，肯定就不会唱戏了，即便唱，也肯定跟着梅兰芳去了。单从经

孟小冬

沈川冬

济上从私心上来讲，他不舍得，何况梅兰芳已有两房太太，难道孟小冬嫁过去做小？

的确，梅兰芳当时已有王明华与福芝芳两位夫人。梅兰芳自幼过继给了没有子嗣的伯父，"兼祧两房"，就是说梅兰芳担负着为梅家两个家庭传宗接代的重任，按老法，他可以拥有两房妻子。王明华膝下儿女双双夭折，但她已做了绝育手术；梅兰芳"兼祧两房"，福芝芳过门后，和王明华同等看待，不分大小。

孟小冬得到的承诺与福芝芳一样，因王明华膝下无子，此时已身染肺病，恐不久于人世，孟小冬跟梅兰芳，也可算是"名定兼祧"。冯六爷做介绍人，加上梅兰芳正式委托另两位戏迷齐如山、李释戡做媒，孟小冬本人也对嫁给梅兰芳之后的生活满怀憧憬，这件事就定了下来。

1927 年农历正月二十四，孟小冬嫁给梅兰芳，洞房花烛设在东城东四牌楼九条 35 号的冯公馆内。

金屋藏娇流言四起

婚后生活甜蜜温馨。当然，孟小冬不能再唱戏了。所谓"男主外女主内"，梅兰芳那样的名角，再不济也不至于养不活自己的太太。

然而孟小冬自幼学戏，离开舞台的她，犹如鱼儿离开了水，蜜月过后，她还是感到无聊和空虚。她在小楼辟出一间书房，每日临窗习字，阅读戏本、白话小说。梅兰芳手把手教她画梅兰竹菊，或谈论梨园掌故，或推敲戏词字韵，夫妇二人情投意合，倒也过得温馨从容。

孟小冬与梅兰芳

孟小冬并不知道，所谓"名定兼祧"，此时已成虚话。

儒家思想把君臣、父子、夫妻等关系称为"名"，相应的责任、义务称为"分"。有名才有分，无名则无分。住在外面，不面对梅家的具体事务，孟小冬自认为这样于她和梅兰芳的生活最为方便，却并不很清楚，身为梅夫人，并非只是享受男女之间的缱绻缠绵与闲适情趣，还包含着许多方面的责任和义务。

《北洋画报》最早披露梅孟结合，梅兰芳却出面辟谣，弄得报社十分狼狈，只好登出《梅伶近讯》，改称孟小冬居住的所谓"金屋"，房东是梅兰芳，两人只是房客与房东的关系。

总而言之，孟小冬认为她与梅兰芳名分已定，但在很多人眼里，她只是梅兰芳的外室。

二太太福芝芳则深谙名分之道，明知梅孟之间的事情，但半年多来，却不动声色，缄口不提，对丈夫的一切外部活动，仍如往常一样，不加干涉，一心掌管梅家的家政。

孟小冬嫁给梅兰芳，没按老法排八字下聘礼，也没有大张旗鼓宣扬，外界对她的突然消失感到莫名其妙。很多戏院老板和戏迷到处打探孟小冬的消息，冯六爷为了免受干扰，将梅孟"爱巢"秘密乔迁至内务部街一条小巷内。

1927年9月14日，冯公馆会客厅来了一位不速之客。他叫李志刚，是孟小冬的超级戏迷。有一段时间孟小冬在前门外大栅栏演戏，他天天去看，后来孟小冬不演了，在戏院门口贴了告示，说要暂停一周时间。一周之后，孟小冬仍未现身。李志刚情急之下，到处打听，得知孟小冬被梅兰芳"金屋藏娇"，就住在冯宅。李志刚带了手枪，冲突之中，冯宅的客人张汉举出面斡旋，梅兰芳报案后，大批军警赶来，李志刚在慌乱中开枪打死了张汉举，其本人随即也被军警击毙。

孟小冬对此一无所知，各路小报却为这场纷争引发的命案大为兴奋。福芝芳见冯宅发生人命血案，丈夫差点丢掉性命，这一切又都因孟小冬而起，她再也不能坐视事态发展，开始跟梅兰芳吵闹不休。

争斗或忍耐

男人都怕麻烦。经过权衡考虑，梅兰芳没有再去孟小冬那边。他的理由很充分，因为接下来，他要为访美演出做准备。

孟小冬继续过着与外界相对隔绝的封闭式生活，既不能唱戏，又无人陪伴，她对梅兰芳的不满情绪与日俱增。

1928 年春节过后，孟小冬收到一份由家人转来的《北洋画报》。上面登载着梅兰芳到天津演出、夫人福芝芳随同出行的消息。福芝芳跟梅兰芳同出同进，她却苦守空房，见不到梅兰芳的面。孟小冬一怒之下，跑回了娘家。

孟小冬的父亲孟五爷原本就对女儿放弃舞台而惋惜，提议道："这有什么不好办的？他能去天津唱戏，你为什么不能去唱？"孟小冬得了父命，见母亲也支持，便下了决心，准备天津的演出。孟五爷让女儿暂时住在家里，每天用心排练，他则一面去信与天津联系演出场地，一面找名角商谈合作。天津方面听说孟小冬复出，求之不得，《天津商报》更是大捧特捧，辟出《孟话》专栏，诗文不断，尊她为"冬皇"。这样一来，孟小冬的天津之行，未演先热，等到登台演出时，声势盛极，连日爆满，受到各界赞美。

演出结束后，孟小冬又在天津小住数日。当有人向她询问与梅兰芳的关系时，她一律不予回答，返回北平后，她也直接回了娘家居住。

梅兰芳第一次尝到了孟小冬的任性和厉害，他亲自去孟家接人，顺便被孟五爷

杜月笙

梅兰芳

孟小冬

话中带刺地教训了一番。孟小冬只是赌气，并未有离开梅兰芳的意思。梅兰芳也深感九条胡同事件，孟小冬实乃无辜受牵连。他们的感情依然深厚，梅兰芳又心存歉疚和怜爱，好说歹说之下，两人言归于好。

1930年，梅兰芳的伯母逝世。梅兰芳兼祧大伯这一房，大伯逝后，他把伯母当作生母奉养。因此，梅兰芳访美归来后，立即在家设了灵堂，为伯母隆重治丧。

孟小冬得了信，剪了短发，头插白花，来到梅宅为婆母披麻戴孝。然而她刚跨入大门，就被三四个下人拦住，称她为"孟小姐"，请她稍候，先容他们向梅夫人禀报。

直到这时，孟小冬才如五雷轰顶，明白自己嫁给梅兰芳好几年，所谓"名定兼祧"，竟是桩悬案！

梅兰芳面露难色，对福芝芳说："小冬已经来了，我看就让她磕个头算了。"

梅兰芳的大太太王明华已于1929年在天津病逝，此时只有福芝芳在灵堂内负责恭迎前来吊丧的客人。福芝芳怀胎已快足月，她厉声说道："梅家的门，她就是不能进！否则，我拿两个孩子，肚里还有一个，和她拼了！"

梅兰芳无奈，只得劝孟小冬离去。孟小冬目睹梅兰芳的软弱偏袒，万念俱灰，回到娘家倒头便睡，就此一病不起。

不过，孟小冬和梅兰芳并未因此分手。

在梅兰芳的百般努力下，孟小冬还是从疗伤之地天津回到北平，再次跟梅兰芳生活在一起。梅兰芳舍不得孟小冬，孟小冬脱离舞台已久，也不知离开梅兰芳之后该如何生活。这一次，他们两人达成了表面上的和解，但感情有了裂痕，却因各自的需要，同床异梦，变得相互忍耐起来。

他人为他做决断

梅兰芳身为万众瞩目的巨星，他的家务事，势必影响到他的事业。在梅兰芳的身边，聚集着一帮有财有势的支持者，俗称"梅党"，他们对梅兰芳的事业起着举足轻重的作用。"梅党"多次参与梅兰芳的家务调解，也多次集会商讨，想帮梅兰芳在"福孟"之间做一决断，从此专注于事业发展。

在众说纷纭难以抉择的情况下，冯六爷说："孟小冬为人心高气傲，需要人服侍。福芝芳随和大方，可以服侍人。以人服侍与服侍人相比，为梅郎一生幸福计，不妨舍孟而留福。"

他的说法，把那些拥孟者列举的孟小冬的优点，什么梨园世家、前程似锦、珠联璧合、伶界佳话等等，全都压了下去。

冯六爷的话，传到了孟小冬耳中。当初她嫁给梅兰芳，也是冯六爷首肯并主持的。孟小冬自然知道冯六爷的分量之重。

四年相处，她已对这场满足他人珠联璧合观感的婚姻深感失望，梅兰芳自有他的身不由己，她只恨自己年少无知，被虚荣心和他人的怂恿给左右，没能看清人情世事的纷纭复杂。

这天晚上，孟小冬约梅兰芳谈话，要求分手。

梅兰芳

孟小冬

"冯六爷不是已经替你做出了最后选择吗？他的话你从来说一不二，还装什么糊涂？"

她看看这位相处四年的男人："我今后要么不唱戏，再唱戏不会比你差；今后要么不嫁人，再嫁人也绝不会比你差！"

1931 年 7 月，孟小冬和梅兰芳分手。周围人觉得她这样两手空空离开梅兰芳，实在不公平。上海大亨杜月笙酷爱京剧，懂戏，迷戏，在孟小冬初登台时就与她相识，一直对她高度关注。他出头给梅兰芳打了电话，律师出面，梅孟二人达成协议，由梅兰芳一次性支付孟小冬四万块银元，两人正式脱离关系。

大亨开口，梅兰芳不敢得罪。为了支付这笔钱，梅兰芳把他在北平无量大人胡同的花园住宅卖掉，并于 1932 年举家迁居上海。

我负人还是人负我

名人的聚散离合，正是媒体热爱的题材。天津某家报纸上登出一篇连载小说，用化名影射孟梅之事，说某著名坤伶向某名伶敲诈大洋数万，并旧事重提，抬出九条胡同的命案大肆渲染，编造了孟小冬和李志刚的关系，肆意诋毁孟小冬的名誉。

一时之间，孟小冬成为众矢之的。

原本已被这段感情折磨得心力交瘁的孟小冬，从此一心向佛，以求身心清净。

孟小冬吃斋念佛，对戏剧界来说，无疑是一大损失。有人向她陈述利害：你自暴自弃，脱离舞台，无声无息地家居念佛，正好中了别人诡计，反而使人对报上的小道消息信以为真，日子一久，观众逐渐把你遗忘，最后毁了自己的才华，岂不可惜？

对于孟小冬来说，这番话如醍醐灌顶，她写了《孟小冬紧要启事》，于1933年9月在天津《大公报》头版上连登三天。全文如下：

启者：冬自幼习艺，谨守家规，虽未读书，略闻礼教。荡检之行，素所不齿。迩来蜚语流传，诽谤横生，甚至有为冬所不堪忍受者。兹为社会明了真相起见，爰将冬之身世，略陈梗概，惟海内贤达鉴之。窃冬甫届八龄，先严即抱重病，迫于环境，始学皮黄。粗窥皮毛，便出台演唱，藉维生计，历走津沪汉粤、菲律宾各埠。忽忽十年，正事修养。旋经人介绍，与梅兰芳结婚。冬当时年岁幼稚，世故不熟，一切皆听介绍人主持。名定兼祧，尽人皆知。乃兰芳含糊其事，于祧母去世之日，不能实践前言，致名分顿失保障。虽经友人劝导，本人辩论，兰芳概置不理，足见毫无情义可言。冬自叹身世苦恼，复遭打击，遂毅然与兰芳脱离家庭关系。是我负人，抑人负我？世间自有公论，不待冬之赘言。抑冬更有重要声明者：数年前，九条胡同有李某，威迫兰芳，致生剧变。有人以为冬与李某颇有

1938 年，孟小冬与杜月笙在香港

关系，当日举动，疑系因冬而发。并有好事者，未经访察，遽编说部，含沙射影，希图敲诈，实属侮辱太甚！冬与李某素未谋面，且与兰芳未结婚前，从未与任何人交际往来。凡走一地，先严亲自督率照料。冬秉承父训，重视人格，耿耿此怀惟天可鉴。今忽以李事涉及冬身，实堪痛恨！自声明后，如有故意毁坏本人名誉、妄造是非，淆惑视听者，冬惟有诉之法律之一途。勿谓冬为孤弱女子，遂自甘放弃人权也。特此声明。

全文五百余字，除一开始称了梅兰芳全名外，其他均用兰芳称呼。

孟小冬解释了她与梅兰芳结婚时对方的承诺是"名定兼祧"，也说明了双方分离的重要原因是："兰芳含糊其事，于祧母去世之日，不能实践前言，致名分顿失保障。"

同时她严词声明九条胡同命案肇事者与她无关，态度刚硬，对自己的名誉非常重视。

她对梅兰芳的指责只有一句："兰芳概置不理，足见毫无情义可言。"至于她和梅兰芳之间的是非对错，孟小冬说完前因后果，问道："是我负人，抑人负我？"

"世间自有公论，不待冬之赘言。"悲愤隐忍之情，扑面而来。年少时她不懂世故，梅兰芳偏又含糊其辞，未能保障她的名分。事实上，孟小冬已为这段感情下了定义：梅兰芳负了她。

孟小冬仍旧茹素参佛修身养性，很久之后，才渐渐恢复元气。

跟一个跺跺脚上海滩都抖三抖的人物

1937 年 5 月 1 日，位于上海市中心的黄金大戏院举行开幕典礼。由大亨杜月笙揭幕并致开幕词，孟小冬受邀剪彩。

杜月笙与黄金荣、张啸林并称为"上海三大亨"，是个跺跺脚上海滩就得抖三抖的人物。杜月笙是京剧票友，四姨太姚玉兰也是京剧须生坤伶，曾与孟小冬结为金兰之好。这次孟小冬来上海剪彩，就是姚玉兰出面邀请。

孟小冬与姚玉兰再叙友情，杜月笙对她更是非常照顾。孟小冬生于上海，普通话说得好，上海话讲得也很不错，生长于浦东川沙的杜月笙跟她交流起来非常顺畅。杜月笙对京剧艺术颇有研究，对孟小冬的天分才华和脾气性格都极其欣赏。

孟小冬原本对爱情满怀憧憬，跟梅兰芳的爱恨情仇，已粉碎了她对爱情的梦想。如今她已淡薄了男女之情，觉得跟上这样一位男人，过上安稳的生活，也未尝不是好的归宿。

然而没过多久，日寇侵占上海，杜月笙带着家眷前往香港，孟小冬也回到了北平，重新安排自己未来的生活。

她还是要唱戏。杜月笙认为她的艺术天赋实在不应被埋没，愿意在经济上全力支持她专心学艺深造。而她也对梅兰芳说过：我今后要么不唱戏，再唱戏不会比你差。

孟小冬决定从头开始，拜名师学艺。刚来北平时她就想拜余叔岩为师，婚后梅兰芳替她求情，余叔岩也没答应，这一次，她的虔诚之心感动了彼时已体弱多病的余叔岩，终于成为余叔岩唯一的女弟子。

有杜月笙的鼎力支持，孟小冬生活无忧，除了认真学戏，更是侍奉师侧，执弟子之礼。经过大师的亲传亲授，她的戏艺进步很快，一个眉眼，一个手势，都务求完美。唱功、做功、技艺融合完美，完全继承了余派的精髓。

1947年8月30日，杜月笙六十大寿，因两广、四川、苏北等地发生水灾，杜月笙决定来个祝寿赈灾义演，遍邀名角，将演出收入全部用于救灾，而义演的一切费用由自己承担。

孟小冬来了，梅兰芳也来了。参加义演前，孟小冬曾想到梅兰芳就住在上海，也一定会登台。杜月笙早就考虑在先，把他俩的戏码岔开，并不见面。

大亨杜月笙力捧之人——余派传人孟小冬两场《搜孤救孤》的演出，征服了成千上万的观众和听众。那两天，买不到票的戏迷为了收听实况转播，致使上海滩的无线电脱销。很多参加祝寿演出的名演员都站在后台，屏息静听。

这次演出，孟小冬的唱功已臻于化境，完全确立了中国京剧首席女老生的地位。

孟小冬与杜月笙

她演了两场，梅兰芳在家里，全神贯注听了两次电台的转播。

昔日同台演出朝夕相伴的妻子，今日跺跺脚上海滩抖三抖的大亨的"宠眷"。梅兰芳只能听着孟小冬的唱腔，在电波中想象她在舞台上的样子……

她做到了，再唱戏，她不会比梅兰芳差。

如烟花般绚烂，转瞬消失，这却是孟小冬最后一次出现在观众面前。

1948年，孟小冬入住杜家。这一次，她算是正式又跟了一个男人。这个男人不比梅兰芳差，重要的是，他能护她周全。

她是那样一个心高气傲的人，恨的是梅兰芳不守承诺，换到自己，就一定会言出必行。跟梅兰芳分手前她说的话，全做到了。

对她与杜月笙的结合，外界评论道："梨园应是女中贤，余派声腔亦可传，地

着男装的孟小冬

狱天堂都一梦，烟霞窟里送芳年。"惋惜之情，叹息不绝。

　　他人只知看热闹，却没人能替代孟小冬体验日日夜夜的冷暖甘苦。她经历过情感上的爱恨缠绵，见惯了舞台上的繁华热闹。女人四十，芳华将逝，爱情和掌声都是一刹那的虚幻，人生大事已了，她只想为自己找一个实实在在的容身之处，一个归宿。

　　她对杜月笙是知恩图报，还是委曲求全？还是这个人讲义气、重承诺、恩怨分明，恰是她的知己？

　　1949 年 4 月，孟小冬随杜月笙家人乘坐的荷兰"宝树云"号客轮离开上海。到香港后，孟小冬整天为杜月笙的病体操持，煎汤熬药，不离左右。被"梅党"视为要人服侍的孟小冬，甘愿服侍人！孟小冬再次用事实证明，她和梅兰芳分离的理由，都不在她身上。

1950 年，杜月笙对定居香港产生了不安全感，决定移居欧洲。他要侍从办理护照事宜，按人头计算到孟小冬时，孟小冬悠悠说了一句："我跟了去，算是女朋友还是丫头呢？"

63 岁的杜月笙立刻明白了孟小冬的心意，决定尽快补办婚礼。因病久未下床的杜月笙，让人扶他起身，穿起了长袍马褂，头戴礼帽，坐在手推轮椅上被推到客厅，由人搀扶着站在客厅中央，42 岁的新娘孟小冬着一件崭新的滚边旗袍依偎而立。杜月笙将在港的儿子媳妇和女儿女婿全部叫来，命他们给孟小冬行跪拜礼，以后都要称呼"妈咪"。而"妈咪"送了他们每人一份礼物，儿子、女婿一人一套西服衣料，女儿、儿媳则每人一块手表。

从 30 岁跟从杜月笙，到 42 岁正式成为杜月笙的五姨太，孟小冬一生苦苦追求"名分"，终于如愿以偿。

1951 年，64 岁的杜月笙去世。孟小冬分得两万美金遗产，后来移居台北，在那里安静从容地度过了余生。

心高气傲的女人，需要一个能降得住她的男人，需要一座靠山。孟小冬和杜月笙，也算惺惺相惜。而她与梅兰芳之间，曾有过的混沌真情，或许就在那样的心高气傲中，在或明或暗的较劲中，化作了山头一朵流云。

·三毛：

1943 年 3 月 26 日出生于重庆，本名陈懋平。1973 年 4 月赴撒哈拉沙漠，并在那里与荷西结婚。代表作《哭泣的骆驼》、《撒哈拉的故事》等。

·舒凡：

三毛的初恋，原名梁光明，作家。

·德籍教授：

三毛的未婚夫，婚前死于心脏病猝发。

·荷西：

西班牙人，三毛的丈夫，潜水专家，1979 年秋天死于潜水意外事故。

八
三毛
爱的本真是结伴同行

嫁给荷西之前，三毛爱上的对象是能在心灵上触动她甚至覆盖她的男人。决定嫁给荷西时，三毛回归了爱情本身，她对荷西没有什么要求，只是两个人结伴同行，一同走走这条人生的道路。

天性敏感幸有呵护

性格是天生的。

1943 年 3 月 26 日，三毛出生于重庆，父亲为她取名陈懋平。懋是陈家家谱的排行，平是战乱年代父亲对和平的期望。然而，三毛从开始写字时就把她名字中间的懋字去掉，管自己叫陈平。那个字太难写了，她说。有一年，她又自作主张，叫自己 ECHO。她说这是符号，不是崇洋。做 ECHO 做了好多年，有一年，她就变成"三毛"了。变成三毛的理由，她说是因为在家中，她排行老二。

三毛

三毛

三毛

老二如何叫三毛？她没有解释，只说三毛里面暗藏着一个《易经》的卦，她取了之后看《易经》才发现，自己也吓了一跳。

这样一个女孩，生来个性孤僻，从不跟别的小孩玩，却对天地万物有着极其强烈的好奇心。幼年时她总在旁人不敢去的荒坟边玩泥巴；有人杀羊，她看得津津有味，十分满足；大人不许小孩靠近的大水缸，她偏要跳进去探个究竟。

在家中排行老二的孩子，上头有姐姐，下面是弟弟，三毛总觉得自己被忽略了，而她意外不断，让父母担惊受怕，回过头却怪家人不够注意她，所以她才跳出来捣蛋，以求关爱。

这样一个敏感、独特的孩子，父母又怎会不特别关注她，给她更多的爱心和耐心呢？

12岁那年，三毛在台北省立第一女子中学念书。自尊心极强的她，其他功课成绩优秀，唯独数学不好，最高只拿过50分。为了提高数学成绩，三毛钻研考试技巧，发现那些考试题目都是来自课本的习题。于是后面三次临考前，三毛将课后题目和答案熟记于心，考试都拿了满分。数学老师怀疑三毛作弊，下堂课时，她叫全班同学做习题，单独发给三毛一张考卷。

三毛当场考了个零蛋。

在全班同学面前，这位数学老师，叫三毛立正，站在她画的粉笔圈里，笑吟吟恶毒无比地说："你爱吃鸭蛋，老师给你两个大鸭蛋。"

她拿着饱蘸着墨汁的毛笔，在三毛的眼眶四周涂了两个大圆饼。墨汁太多了，它们流下来，顺着三毛紧紧抿住的嘴唇渗到嘴巴里去。画完后，老师让三毛转过身给同学看，又命令三毛在挤满学生的走廊上走一圈。

三毛的自尊心受到了刻骨的羞辱。几个月后，三毛休学。她待在家中，反复问自己，人活着究竟是为了什么。在一个台风呼啸的夜晚，她用刀割破自己左手腕的动脉。父母及时发现躺在血泊中的三毛，紧急将她送往医院抢救。三毛被救活了，手腕上却留下一道永恒的伤疤。

父母亲自负起教育女儿的责任。三毛喜欢看书，父亲就教她背唐诗宋词，看《古文观止》，读英文小说；她喜欢音乐，父母就请了钢琴老师来家里教；她爱画画，父母遍访名师教三毛学画。

这一休学，就是整整七年。

失恋后初遇荷西

1962 年，三毛 19 岁。休学七年以后，三毛还是回到了青青校园。为了探究人生，为了知道人活着是为了什么，三毛得到文化大学创办人张其昀先生的特许，成为该校哲学系的一名旁听生。

休学后重新起跑，三毛的大学成绩，总平均分在 85 以上，属于中上水平。

激励三毛起跑的原因，是爱情。三毛爱上了高她一届的戏剧系学生梁光明，也就是当时已出版两本集子的作家舒凡。为了让舒凡爱上她，三毛开始舍命地去读书，勤劳地去做家教，认真地开始写她的《雨季不再来》。

三毛与荷西　　　　　　三毛与荷西

　　他们恋爱了。三毛哭哭笑笑，神情恍惚，总是讲一句话："我不管这件事有没有结局，过程就是结局，让我尽情地去，一切后果，都是成长的经历，让我去——"

　　舒凡毕业前，三毛想跟他结婚，舒凡则想先立业后成家。三毛逼婚，如果舒凡不跟她马上结婚，她就休学，去西班牙。

　　舒凡不够爱她。他可以接受三毛的爱情，但不能接受做她的丈夫。

　　三毛再次休学。她的爸爸妈妈忍着痛为三毛办理了各种手续，出国申请、护照、签证，还有钱。

　　西班牙是三毛想象中的乐园。13岁那年，三毛学画，爱上了西班牙画家毕加索；大学三年级时，她听到一张西班牙古典吉他唱片，非常感动。在三毛的想象中，西班牙色彩丰富，古朴、粗犷。她想去西班牙看一次，把哲学里的苍白去掉。

　　"哲学并没有使我找到生命的答案，我唯一学到的是分析。研究哲学，对我是一种浪漫的选择，当初以为它能解释很多疑惑，事实上，学者的经验并不能成为

三毛与荷西

我的经验。"

　　她要自己去获得生命的经验。

　　离家那一天，三毛的口袋里放了五块钱美金现钞，一张七百美金的汇票单。她向父母双亲跪下，磕了一个头，没有再说什么。上机时，她笑着深深地看了全家人一眼，慢慢登上飞机，一步一步，强忍着不回头看她已哭倒在栏杆上的母亲。

　　在西班牙，三毛先做了三个月的哑巴、聋子。一年后，三毛有了新天新地。

　　西班牙男生"情歌队"每晚到女生宿舍窗外唱歌，最后一首一定特别指明是给三毛的。热情撩人的西班牙，治愈了三毛初恋的情伤。三毛去念"现代诗"、"艺术史"、"西班牙文学"、"人文地理"，同时又坐咖啡馆、跳舞、搭便车旅行、听轻歌剧……第二年，三毛跑去旅行，她到巴黎、慕尼黑、罗马、阿姆斯特丹……吃白面包，喝自来水，三毛没向家中要旅费。

转眼又是一年冬天，圣诞节到了。西班牙有个风俗，圣诞夜十二点一过的时候，邻居们要向左邻右舍楼上楼下恭贺平安。三毛在朋友家里，当她看到一个男孩从楼上跑下来时，"触电了一般，心想，世界上怎么会有这么英俊的男孩子？如果有一天可以作为他的妻子，在虚荣心上，也该是一种满足了"。

这个男孩就是荷西，西班牙名字是Jose。

荷西是三毛为他取的中文名，本来是"和曦"，但是男孩说，曦字太难写了，他学不好，所以三毛就教他写这个她顺口喊出来的"荷西"。

那次以后，三毛与荷西常常见面。荷西几乎天天逃学，跟三毛一起打棒球，打雪仗，逛旧货市场，去皇宫看看，捡捡垃圾场里的废物。

这一年，荷西不到18岁，三毛24岁。

有一天，天已经很冷了，他们把横在街上的板凳搬到地铁的出风口，当地铁经过时会有一阵热风吹出来，两个冻在板凳上像乞丐一样的人，就把那当作他们的暖气。坐在板凳上，荷西很认真地向三毛求婚，他让三毛等他六年，四年大学和两年的兵役，六年后，他会娶三毛。

三毛喜欢这个英俊可爱的男孩，但她小心翼翼地拒绝了荷西。六年时间实在太长，她让荷西不要再来缠她，她要跟班上的男同学出去，不再跟荷西一起出去了。

荷西知道三毛把他当作小孩子看。他一面跑一面回头，脸上笑着，口中喊着："ECHO再见！ECHO再见！"

三毛总是记得荷西在空旷的雪地里边跑边喊着她名字说再见的这一幕，她不知

道，这个下雪的晚上，荷西伏在枕上流了一夜的泪，想要自杀。

台北是伤心地

三毛跟别的男同学出去，在街上常常会碰见荷西。荷西看到三毛，总是用西班牙的礼节握住三毛的双手，亲吻她的脸，然后说："你好！"他也会跟三毛的男友或其他人握手。

三毛先是跟一个家里开豪华餐厅的日本留学生恋爱，后来的男友是德国籍，为了他，三毛离开西班牙去往德国柏林，进入歌德学院学德文。德国男友为了自己的外交官梦，一心扑在学习上，每天用来学习的时间超过 16 个小时。三毛受不了，离开他前往美国伊利诺伊大学。在这里，三毛堂哥的同学，伊利诺伊大学的一位化学博士爱上了她，"每天中午休息时间，总是堂哥的好同学，准时送来一个纸口袋，里面放着一块丰富的三明治，一只白水煮蛋，一枚水果"。

这几段爱情都没有结出果实。27 岁这年，三毛回到台湾，在文化大学教授德语。三毛与一名画家相爱，可惜遇人不淑，几个月后，三毛才发现对方是有妇之夫。

不久以后，三毛遇见了台北某大学一位 45 岁的德国籍教授。他非常爱三毛，成熟稳重，博学而深沉。三毛与他，

三毛与荷西

无论在精神上还是生活上都非常契合。

他们相爱了，爱得平淡而真实。三毛接受了男友的求婚，两人一起去重庆南路的一间印刷厂印名片。两个人的名字排在一起，一面德文，一面中文。他们挑了很久的字体，选了薄木片的质地，一再向印刷店老板说，半个月以后，要将名片准时给他们。

命运弄人，就在挑好名片的这天晚上，准新郎心脏病发猝死。三毛失去了她心甘情愿要嫁又可嫁的这个人，瞬息之间跌入黑暗的深渊。

未婚夫落葬的时候，三毛很安静，所有的痛苦和不幸全裹在一袭黑衣下。葬礼过后，三毛也很"听话"，不哭不叫，不吵不闹。她也吃饭睡觉，却食不下咽，每晚睁着眼睛到天明。终于有一天，她开口说话了，去了朋友家，趁朋友打电话的时候，三毛吞下了大量安眠药。

她没有死成。被救活后，三毛再次离开台北，前往西班牙。

碎了的心换黄金心

二到西班牙，不为求学，也不为爱情。对死亡的渴望潜伏在三毛心底，但她有至爱她的双亲，死不成，她只能好好活着。

三毛在马德里找了一份小学英文教师的工作，足以负担自己的生活。她觉得钱是人们用劳力换来的，所以每分钱都要用在值得的地方。她用赚到的钱到处旅行，并打算过完复活节去非洲的撒哈拉沙漠。

少年三毛

荷西

不记得是哪一年了，三毛无意中翻到一本美国的《国家地理杂志》。那本书里正好介绍撒哈拉沙漠。只看了一遍，无法解释的，三毛那属于前世回忆似的乡愁，就莫名其妙、毫无保留地交给了那一片陌生的大地。

有一天，三毛被朋友叫到家里。朋友出去了，却让她闭着眼睛待在客厅里。有人进来了，忽然背后一双手臂将她环抱起来，在屋子里转啊转。三毛睁开眼兴奋得尖叫起来，这个满脸络腮胡子的男孩，是荷西！

六年前三毛叫荷西不要再来缠她。六年后，命运却将三毛再次带到荷西的身边。

在马德里的一天下午，荷西邀请三毛去他家里。到了他的房间，三毛发现整面墙上贴满了她发了黄的放大黑白照片，都是荷西想方设法从三毛朋友那里得到的。

三毛沉默了。她顺手取下墙上的一张照片，转身问荷西还想不想跟她结婚，又说还是不要的好，因为她现在的心已经碎了。

荷西说，他这边还有一颗心，是黄金做的，把你那颗拿过来，我们交换一下吧。

六年过去，荷西读完了大学服完了兵役，可以娶三毛了。

但是三毛想去撒哈拉沙漠，所以荷西默默收拾了行李，先去沙漠的磷矿公司找了一份工作。

如果说之前三毛愿意跟荷西履行他的六年之约，是出于一种感慨和感动，那么，当荷西为了她愿意去沙漠受苦时，三毛在心里已决定跟他天涯海角一辈子流浪下去了。

两个月后，也就是 1973 年 4 月中旬，三毛收拾好行李，退掉马德里的房子，向未知的大漠奔去。

撒哈拉沙漠是世界最大的沙漠，总面积 800 万平方公里，西属撒哈拉是其中一部分，占地 26.6 万平方公里。摩洛哥和毛里塔尼亚瓜分西属撒哈拉以前，它是西班牙的一个省，位于非洲西北海岸，摩洛哥之南，东北与阿尔及利亚的一部分接壤。

三毛

三毛住在与荷西公司宿舍相隔 20 多公里的小镇阿雍,三个月后,她与荷西成为沙漠法院第一对公证结婚的夫妇。

回归爱情本身

一个人的性格不大容易改变,改变的是她与生活打交道的方法。

三毛想横渡撒哈拉,等到真正面对它时,她才发现,那样的想法很天真。她形容刚去沙漠的感觉,是一种极度的"文化惊骇"。对于沙漠的生活方式,她非常吃惊,甚至有些后悔。三个月后,她与荷西结婚,还是决定留在沙漠中。

这一切,依然缘于三毛天性中的好奇。

"好奇心上,当然可以得到很大的满足,因为,所看的一切都是自己从来不知道的——大地的本身,就把你带入一个异境里。"

不过,三毛的心情却极其苦闷。

荷西下班回来,不是说早上水停了,去隔壁提水,就是说买了便宜的西瓜,东西又涨价了。沙漠生活缺乏最起码的物质条件,自然造成情趣上的枯竭。三毛陷入巨大的失望中。荷西上班了,她被封闭在家里,热风似火般燃烧,邻居们无话可谈。三毛非常苦,非常寂寞。荷西上班,她把门一挡,眼泪就流下来了。她说:"荷西,你不许去,你一定不许去,你去,我就拿刀杀你!"

荷西还是走了。她只有呆坐地上,面对干秃秃没有糊水泥的墙。

在他们沙漠的家正对面,是一个大垃圾场。三毛没事可做,便去拾破烂。三毛捡来了木板，荷西用它们做成家具，而那些木板，却是西班牙运来沙漠的棺材包装箱；三毛捡来旧的汽车外胎，洗干净平放在席子上，在里面填上一个红布坐垫，像一个鸟巢，谁来了都抢着坐；她还捡来深绿色的大水瓶，在上面插上一丛怒放的野地荆棘；不同的汽水瓶，三毛买下小罐的油漆给它们涂上印第安人似的图案和色彩；书架上放着骆驼的头骨，风灯是三毛逼着荷西用铁皮和玻璃做的……三毛用从垃圾场捡来的"宝贝"，将她与荷西的家，布置成了一座美丽的宫殿。

她开始对四邻产生关切。"以前的好奇还是有距离的。好奇的时候，我对他们的无知完全没有同情心，甚至觉得很好，希望永远继续下去，因为对一个观光客来说，愈原始愈有'看'的价值。但是，后来和他们打成一片，他们怎么吃，我就怎么吃，他们怎么住，我就怎么住"。

三毛

她不会再把邻人送来的骆驼肉偷偷扔得老远，骆驼肉做菜，也不是难以忍受的事了。

母亲心疼女儿，从台湾寄去航空包裹，有大量粉丝、紫菜、冬菇、生力面、猪肉干等珍贵食品，欧洲女友又给她寄来罐头酱油。三毛对做菜很有兴趣，于是，靠着

三毛

这点东西，她的中国厨房开张了。她骗荷西说，粉丝是春天下的第一场雨，下在高山上被冻住了，就变成这个模样。

一般的夫妻都是夫唱妇随，琴瑟和谐，三毛和荷西则像一对难兄难弟，对人对事，常常"臭味相投"。

三毛与荷西，他们都是非常质朴、自然的人。两个人在很多方面都有很大差异，但从本质上来说，却是极其相似的同一类人。在沙漠居住了一年半后，由于他们的善良、慷慨、纯真，荷西成了邻居的电器修理匠、木匠、泥水工；三毛则成了代书、护士、老师、裁缝。

长期观察一种风俗，和做游客的心情不一样，三毛提起已经停了十年的笔，写下沙漠生活中的第一个故事：《沙漠中的饭店》。

三毛将她用各种奇奇怪怪的方法在沙漠中替人看病的经过写了一篇《悬壶济世》；她跟荷西去沙漠探险，掉进了泥滩里，没有办法出来，这件事被她写进了《荒山之夜》；有一次，三毛跟荷西去理发店，为了荷西要剪什么发型，他们吵吵闹闹，三毛赌气拿了钱去看沙漠当地的人如何洗澡，写了一篇妙趣横生的《沙漠观浴记》；又有一回，她与荷西在沙漠中开了很久的车到大西洋打鱼，两人把打的鱼带回沙漠卖掉，却在饭店中用十二倍的价钱吃他们刚刚卖掉的鱼，然后就有了那篇《素人渔夫》……

三毛发表了大量沙漠的故事，在台湾引起轰动。读者觉得他们过的是神仙眷侣的生活，实际上呢，很多时候，荷西并不懂得三毛，也不懂三毛的文字和心灵世界。

嫁给荷西之前，三毛爱上的对象是能在心灵上触动她甚至覆盖她的男人。决定嫁给荷西时，三毛回归了爱情本身，她对荷西没有什么要求，只是两个人结伴同行，一同走走这条人生的道路。

前几天我对荷西说："华副主编蔡先生要你临时客串一下，写一篇'我的另一半'，只此一次，下不为例。"

当时他头也不抬地说："什么另一半？"

"你的另一半就是我啊！"我提醒他。

"我是一整片的。"他如此肯定地回答我，倒令我仔细地看了看说话的人。

"其实，我也没有另一半，我是完整的。"我心里不由得告诉自己。

——摘自《大胡子与我》

荷西使三毛意识到她对完整独立、心灵自由的重视。"我心灵的全部从不对任何人开放，荷西可以进我心房看看、坐坐，甚至占据一席；但是，我有自己的角落，那是："我的，我一个人的。"结婚也不应该改变这一角，也没有必要非向另外一个人完完全全开放，任他随时随地跑进去捣乱，那是我所不愿的。"

从某种角度来说，三毛跟荷西在心灵上的这种距离，间接地成就了三毛的文学事业。而她与荷西的感情，却是一年比一年好。

生命不在于长短

从 1973 年结婚，到 1979 年荷西在拉芭玛岛的海中业余捕鱼时丧生，三毛和荷西共度了六年。三毛对荷西的感情，起初是报答他的深情挚爱，婚后才开始恋爱，到了最后一年，两人的感情已是好到不能再好。

岸上的助手有一次问我："你们结婚几年了？"

"再一个月就六年了。"我仍是在水中张望那个已经看不见了的人，心里慌慌的。

"好得这个样子，谁看了你们也是不懂！"

我听了笑笑便上车了，眼睛越骑越湿，明明上一秒还在一起的，明明好好地做着夫妻，怎么一分手竟是魂牵梦萦起来。

......

结婚纪念的那一天，荷西没有按时回家，我担心了，车子给他开了去，我借了脚踏车要去找人，才下楼呢，他回来了，脸上竟是有些不自在。

匆匆忙忙给他开饭——我们一日只吃一顿的正餐。坐下来向他举举杯，惊见桌上一个红绒盒子，打开一看，里面一只罗马字的老式女用手表。

"你先别生气问价钱，是加班来的外快——"他喊了起来。

我微微地笑了，没有气，痛惜他神经病，买个表还多下几小时的水，那么借朋友的钱又怎么不知去讨呢？结婚六年之后，终于有了一只手表。

"以后的一分一秒你都不能忘掉我，让它来替你数。"荷西走过来双手在我身后环住。

又是这样不祥的句子，教人心惊。

那一个晚上，荷西睡去了，海潮声里，我一直在回想少年时的他，十七岁时那个大树下痴情的男孩子，十三年后在我枕畔共着呼吸的亲人。

我一时里发了疯，推醒了他，轻轻地喊名字，他醒不全，我跟他说："荷西，我爱你！"

"你说什么？"他全然地骇醒了，坐了起来。

"我说，我爱你！"黑暗中为什么又是有些呜咽。

"等你这句话等了那么多年，你终是说了！"

"今夜告诉你了，是爱你的，爱你胜于自己的生命，荷西——"

那边不等我讲下去，孩子似的扑上来缠住我，六年的夫妻了，竟然为着这几句对话，在深夜里泪湿满颊。

醒来荷西已经不见了，没有见到他吃早餐使我不安歉疚，匆匆忙忙跑去厨房看，洗净的牛奶杯里居然插着一朵清晨的鲜花。

我痴坐到快正午。这样的夜半私语，海枯石烂，为什么一日泛滥一日。是我们的缘数要到了吗？不会有的事情，只是自己太幸福了才生出的惧怕吧！

照例去工地送点心，两人见了面竟是赧然。就连对看一眼都是不敢，只拿了水果核丢来丢去地闹着。

——摘自三毛《梦里花落知多少》

1979 年秋天，潜水专家荷西，因潜水意外事故身亡。

三毛陷入半疯状态。荷西找到的时候，她想好了，从岸边一直走，一直走，走进海里，跟他一起去了。三毛的父母正好赶来，他们远远地跑过来，三毛只是茫茫然地回过头，看到她的父母，"妈妈还好，爸爸整个人，整个崩溃了——"三毛总算暂时放弃了就死的打算。

为荷西守灵的那一夜，三毛对荷西说："你不要害怕，一直往前走，你会看到黑暗的隧道，走过去就是白光，那是神灵来接你了。我现在有父母在，不能跟你走，你先去等我。"

后来回到台北，姐姐弟弟都在父母身边，三毛想，现在她可以去了。三毛的父亲说，如果她去了，他一生一世和那个杀死他女儿的人为仇，来世变鬼也要报仇到底！三毛说，爹爹，杀死你女儿的是你亲生的女儿自己，不是别人。父亲说，那么那个人便不是我女儿，我跟她不共戴天，来生来世一辈子报仇！

三毛还是想死，她说，爹爹，你们太残酷，太自私了……

琼瑶是三毛的朋友，她知道三毛十分重视的是对别人的承诺。琼瑶花了很长时间要三毛答应她不会自杀。她答应了。

她又常常说，生命不在于长短，而在于是否痛快地活过。

1991 年 1 月 4 日清晨，三毛在台北荣总医院用丝袜结束生命，年仅 48 岁。

三毛曾说过："我常常想，命运的悲剧，不如说是个性的悲剧。我们要如何度过自己的一生，固执不变当然是可贵，而有时向生活中另找乐趣，亦是不可缺少的努力和目标，如何才叫作健康的生活，在我就是不断地融合自己到我所能达到的境界中去。我的心中有一个不变的信仰，它是什么，我不很清楚，但我不会放弃这在冥冥中引导我的力量，直到有一天我离开尘世，回返永恒的地方。"

她返回到了那名叫永恒的地方，回到那个同她换过心的男人——大胡子荷西的身边。

·林语堂：

1895 年 10 月 10 日出生于福建龙溪坂仔村一个基督教家庭。著名作家，代表作《京华烟云》、《吾国与吾民》等。

·赖柏英：

福建龙溪坂仔村人，林语堂的初恋。

·陈锦端：

厦门首富陈天恩之女，林语堂曾与之相恋，后因门第悬殊分手。

·廖翠凤：

厦门富商之女，林语堂的妻子。

九
林语堂

若为女儿身 必做姚木兰

最爱的人，因为种种原因未能在一起，那就接受这个命运吧。

什么是好的婚姻？不一定要与最爱的那个人结婚，而是婚后的给与受，只是给予，不在乎得到，才会有美满的婚姻。

山间溪边的清甜"橄榄"

坂仔村，位于福建南部沿海山区龙溪县肥沃的山谷中。四周皆山，连绵不绝。1895 年 10 月 10 日，林语堂出生于坂仔村一个基督教家庭，父亲是一名乡村牧师。山景，父亲，基督教家庭，对林语堂的童年乃至一生影响巨大。

成年后，林语堂在自传小说《赖柏英》中谈到山，他写道：

……你若生在山里，山就会改变你的看法，山就好像进入你的血液一样……山的力量巨大得不可抵抗。

山逼得你谦——逊——恭——敬。柏英和我都在高地长大。那高地就是我的山，也是柏英的山。

我再改个说法。比方你生在那些山间，你心里不知不觉评判什么都以山为标准，都以你平日看惯的山峰为标准。于是，你当然觉得摩天大楼都可笑，都细小到微不足道……对人生别的一切你也是同样一个看法。人，商业，政治，金钱，等等，无不如此。

林语堂在山间长大，住在由旧教堂改成的牧师住宅中。他的父亲在牧师中以极端前卫知名，在厦门很少人听说有个圣约翰大学时，他已经将自己的孩子设法送到上海去受英语教育了。并且，他还由此梦想到牛津大学、柏林大学。

林语堂生在这样的家庭中，比其他少年较早接触到西洋文明，各方面的影响都刺激了他向西方学习的愿望。

赖柏英，是林语堂的初恋女友，外号或昵称叫作"橄榄"。她家住在半山上，离林语堂家五六里地。赖柏英的母亲是林语堂母亲的教女，每逢赶集，柏英就会起得很早，拎着一篮子蔬菜和她母亲做的糕点，送给林语堂的母亲。

论起辈分来，林语堂还是赖柏英的"五舅"，当然，两个年龄相仿个头也差不多的孩子从不按辈分称呼对方。林语堂总是早早地在村口等着赖柏英，两人忙好大人交代的事，就跑到山间溪边玩，捉鲦鱼和鳌虾，抓蝴蝶。

赖柏英摘下野花别在发间，蹲在小溪边。蝴蝶翩然飞过，在少女头上转来转去，终于停在她戴的花上。赖柏英却轻轻起身，慢慢走开。少女身姿轻盈，移动间，

1927年摄于上海。前排左起：周建人、许广平、鲁迅，后排左起：孙福熙、林语堂、孙伏园

蝴蝶浑然不觉，依然留在赖柏英的头发上。

这一幕妙不可言，永远刻在林语堂的脑海中。

林语堂的父亲是个理想家，尽管收入微薄，却从不改变让他的子女接受高等教育的梦想。但因经济拮据，林语堂的二姐，一位美丽聪慧求知欲极强的女孩，从厦门高中毕业后还是不能念大学，只能结婚。

这位父亲卖掉他们在漳州唯一的房子让二儿子进入圣约翰大学，待他即将毕业可以赚钱供弟弟读书时，林语堂的父亲又下狠心向他一位既是好友又是过去学生的人借了一百块银元，直到最后一天，才得以将林语堂送进圣约翰大学接受中国最好的西式教育。

二姐是林语堂的玩伴，两人感情非常好。结婚前夕，二姐从身上掏出四毛钱给林语堂，她说："和乐（林语堂原名），你要去上大学了，不要糟蹋了这个好机会。要做个好人，做个有用的人，做个有名气的人。这是姐姐对你的愿望。"

二姐的话简单有力，让林语堂感到极重的压力，也让他心神不安，好像犯了罪。他有一种感觉，自己是在替二姐上大学。

第二年林语堂从上海回家时，已有八个月身孕的二姐却因瘟疫亡故。这件事给林语堂的印象太深，永远不能忘记。

林语堂急于追求新知识，而他青梅竹马的女友赖柏英，因为要对双目失明的祖父尽孝道，片刻不能离开，又因为林语堂打算出国留洋，而她觉得家乡有最好的水果、鱼、瓜和美丽迷人的山，两个非常相爱的少年，因为将来要走的路不同，只能分离了。后来，赖柏英嫁给了坂仔的一个商人。

理想的女性

初恋清淡隽永，给林语堂留下美好的回忆。外面的世界吸引着这名从山间走出的青年，在圣约翰大学，林语堂的功课非常优秀，才念完大二，他已接连四次走上台领取三种个人所得奖章，以及以演讲队队长身份接受演讲比赛获胜奖杯。这

林语堂

件事在圣约翰大学和隔壁的圣玛丽女校引起了不小的轰动。

有一天，林语堂认识了同窗好友陈希佐、陈希庆的妹妹——在圣玛丽女校学美术的陈锦端。

用一见钟情来描述他对陈锦端的感觉，再恰当不过。长长的头发，用一个宽大的发夹别着，目光交会时，陈锦端微微抿嘴一笑。林语堂惊诧于陈锦端的美丽，而英俊又有名气的林语堂，也打动了陈锦端的芳心。

兄弟俩看出两人之间微妙的情愫，以后的每次聚会，他们都叫上陈锦端，三人行变成四人行。

林语堂与陈锦端双双坠入爱河。两人相聚时总是有说不完的话题。陈锦端的美貌、自由自在、孩子气，无不令林语堂倾倒，跟女友在一起，他思维活跃，如同一个天才的演说家。

他说："世界是属于艺术家的。艺术家包括画家、诗人、作家、音乐家等。这个世界透过艺术家的想象，才有光有色有声有美，否则只不过是个平凡为求生存的尘世。"

"什么是艺术？"

"艺术是一种创造力，艺术家的眼睛像小孩子的眼睛一样，看什么都新鲜。将看到的以文字以画表现出来，那便是艺术。还有雕塑、建筑、音乐、舞蹈、戏剧等，均在艺术之列。"

林语堂说："我要写一本书。"

陈锦端说："我要作画。"

……个性与气质，外在与内涵，陈锦端都是林语堂心中女性的理想。

放暑假了，林语堂和陈锦端回到了各自的家。

林语堂思念陈锦端，几次三番跑到厦门，说是要探望陈希佐兄弟，其实是为了看看陈锦端。

他们沉浸在两情相悦的甜蜜中，忘了两个家庭的门第悬殊和经济环境的巨大差异。

陈锦端的父亲陈天恩早年创办了造纸厂、电力厂、汽车公司等，是厦门数一数二的巨富。陈家笃信基督教，陈天恩还是基督教竹树堂会长老。

而林语堂的父亲是坂仔村的贫穷牧师。

尽管林语堂本人非常优秀，人人都认为他很有出息，但他和陈锦端之间隔着门第的藩篱。何况他连学费都来得那么艰难，无论从家庭的社会地位还是家境来说，陈家都不肯把女儿嫁给林语堂。

林语堂经常造访陈家，陈锦端的父亲早就心知肚明，这小子并非来看希佐兄弟，而是在追求他的女儿。

陈天恩正打算为女儿从有名望的家族中挑选一名金龟婿，并且很可能成功。关键时刻，他不会容许一个牧师的儿子来捣乱。

等到下一次林语堂来到陈家时，他没能见到心上人，却见到了女友的父亲。陈天恩明明白白地告诉林语堂，他已为女儿定了亲。

林语堂与廖翠凤

棒打鸳鸯的厦门首富，其实也承认林语堂是个有出息的青年。为了表达这一点，他向林语堂表示，隔壁廖家的二小姐漂亮贤惠，他愿意为林语堂做媒。

跨过门第的藩篱

林语堂被无情的现实击懵了，回到坂仔村时，面色凄苦，令人担忧。夜晚，母亲手提灯笼来到他屋里，问他为何如此难过。林语堂再也忍不住，立刻哭得瘫软下来。

大姐省亲回家，一方面为弟弟的恋爱告吹而难过，一方面又觉得这样也好。她在学校里认得陈家隔壁开钱庄的廖家二小姐廖翠凤，她向弟弟保证，这个女孩将来必然是个极贤德的妻子。

事实上，廖翠凤的哥哥跟林语堂也是圣约翰的校友。

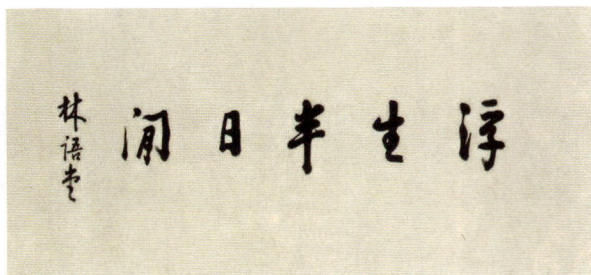

林语堂信札

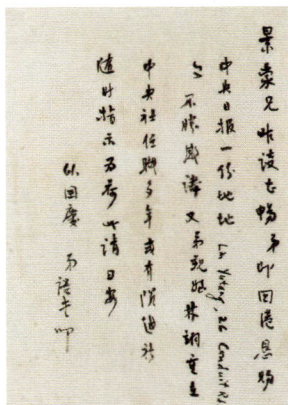

林语堂信札

失恋的林语堂没法马上投入下一段感情，不过，按照旧式的、传统的程序，他跟廖翠凤之间已往订婚的方向在发展。

林语堂受邀去廖家吃饭，路途中穿脏了的衬衣是拿到廖家洗的。吃饭时，他感到有双眼睛在某个地方朝他张望，于是下意识地注意了自己的行为和礼节。他不知道，那是他未来的妻子在悄悄地数着他吃几碗饭。

廖翠凤在圣玛丽学校念书，她也知道林语堂得奖大出风头的事，非常欣赏这名才华横溢的青年。尽管她的母亲对女儿和林语堂的订婚有些犹豫，"和乐是牧师的儿子，家里很穷。"廖翠凤却坚决果断地说："贫穷算不了什么。"

林语堂辗转听到了这句话，大受感动。门第和财富的悬殊，拆散了他与陈锦端。而同样生在富家的廖翠凤，却跨过了这道藩篱。

正是这句话，一锤定音，确定了林语堂和廖翠凤的婚姻。

贫穷确实算不了什么

1919 年，林语堂与廖翠凤结婚。既结婚，就忠实于婚姻，忠实于对方。婚礼只是一个形式，并不代表什么。为了表示自己对婚礼的轻视，在上海时，林语堂征得廖翠凤的同意，将结婚证书付之一炬。他说："结婚证书只有离婚时才用得上。"

由于在清华学校教书三年，林语堂获得了一个"半额奖学金"，即由清华将他送往美国留学，但每月只提供四40 美元的津贴（全额是提供学费和 80 元月津贴）。

对于林语堂来说，出国留学是他一直以来的梦想，但这"半额奖学金"绝对不能支撑他的留学梦。

廖翠凤出嫁时，家里给了她一千银元的嫁妆，她愿意拿出来让林语堂留学。当时的银元比美元还略高一点，每月拿出四十元来贴补生活，大概能维持两年多。另外，林语堂与北京大学的胡适有个约定，胡适愿意提前支付他毕业后来北大工作的薪水。（事实上，这笔钱是胡适私人资助，直到林语堂回国后面见北大校长蒋梦麟，才发现这一秘密并归还这笔钱款。）于是这年秋天，林语堂的父亲从闽南山间赶来与儿子儿媳告别，这对新婚夫妇一同踏上了横渡太平洋的旅途。

在轮船上，廖翠凤盲肠炎发作，痛苦不堪。两人待在船舱里，完全无法欣赏海上的风景。同行的清华同学不了解，还以为这对蜜月期的夫妇缱绻缠绵。在病痛的煎熬中，他们必须做出一个决定：要不要在夏威夷上岸把盲肠割除呢？

船近夏威夷时，廖翠凤的疼痛减轻了一些，两人决定冒险继续前进，省下这笔手术费用，继续他俩的留学生涯。

半年后，廖翠凤的盲肠炎又犯了，情况紧急，必须马上做手术。由于手术时间太长，廖翠凤受到感染，又得进行第二次手术。林语堂已身无分文，危急中，他给廖翠凤的哥哥打电话，请求惠借一千美金。等待汇款寄到的这一周，林语堂用仅剩的一罐老人牌麦片撑了下来。

正如婚前廖翠凤所说的，贫穷算不了什么。她能给予林语堂支持，就绝不计较得失。林语堂对她，也是倾其所有，不做保留。这一段生活，当然很苦，但苦中作乐，更觉甜蜜。这一年的2月，满街都是雪，廖翠凤伤愈出院，林语堂设法弄了一辆雪橇把妻子接回家。两人因为熬过一劫、夫妻团聚，还庆祝了一番。

在哈佛读了一年，林语堂的各科成绩都是 A。然而令他诧异的是，没有任何理由，林语堂的半额奖学金忽然被取消了。系主任告诉林语堂，由于他的各科成绩都是 A，他可以到德国的殷内（Jena，现通译为耶拿）去修一门莎士比亚戏剧，通过转学分的方式，也可以获得硕士学位。

林语堂向法国乐魁索城（Le Creusot）美国主办的中国劳工青年会申请了一个职业，与妻子两人前往法国，住在青年会外的一栋房子里。

他们睡的床非常高，床垫子又非常厚，厕所在房子后花园之外。不过，林语堂和廖翠凤却觉得住得非常舒服。两人继续在哈佛时的分工合作：廖翠凤负责洗衣服和做饭，林语堂则负责洗碗碟。

事实上，此时林语堂不会法文，也不会德文。在法国青年会为华工服务期间，林语堂积蓄了一些美国的金元，可以到德国去继续学业。他通过自修德文，写德文信申请入殷内（Jena）大学。来到殷内镇，夫

林语堂与廖翠凤

林语堂与廖翠凤

妇俩像兄妹一样，一起上课，一同郊游。早在婚后清苦而甜蜜的生活中滋长出的爱情，越来越浓了。

妻子是水命丈夫是金命

林语堂与妻子生活日久，越珍惜她。他们的性格差异很大。林语堂自比为一个气球，将妻子比作沉重的坠头儿。气球无坠头儿就会乱飘，招致灾祸。林语堂没有一刻安静，讨厌一切约束限制；廖翠凤做事总是井井有条，郑重其事。廖翠凤吃饭时也总拣切得周正的肉块吃，不吃鸡胗鸡肝儿。林语堂则喜欢吃翅膀、鸡胗等妻子避免吃的食物。

妻子是钱庄主的女儿，对于一切事物有着现实的理性严肃的态度。林语堂则自由随意，总是用乐观的态度享受生活。

严肃有规则的妻子，却允许林语堂在床上抽烟。

林语堂是一个要么在睡觉休息，要么抽着烟的人。所以他认为妻子允许他在床上抽烟，这桩婚姻就没有问题。

他们在国外一直过得很拮据。不过，即使穷得没有钱去看一场电影，他们也可以去图书馆借回一叠书，夫妇俩守着一盏灯相对夜读，偶尔抬头对视，会心一笑，心头也甜甜的。在德国殷内读了一学期后，林语堂转到了莱比锡大学，由于他们把金元出卖得太早，吃了亏，手头还是非常局促，于是廖翠凤变卖了她的首饰，充作两人的生活费。

林语堂说，妻是水命，水包容万物，惠及人群；我是金命，对什么事都伤害克损。

林语堂用英文写作于 1938—1939 年的《京华烟云》，也塑造了一对金水组合的夫妻：金命的姚木兰和水命的曾荪亚。

在这本书中，姐姐姚木兰是金命，妹妹姚莫愁是土命。曾荪亚是水命，孔立夫是木命。姚木兰内心深爱（或者说最爱）孔立夫，但她听从父母安排嫁给了她喜欢的曾荪亚。关于这样的结合，作者林语堂认为配得很好。金入于水则金光闪灼；土养木，木就滋长繁荣。

假如姚木兰嫁给孔立夫，金克木，而硬挺的木又会把软嫩的金弄得迟钝，失去锐利。所以，木兰配荪亚，莫愁配立夫，才是天作之合。

林语堂在书中写道："倘若当年有由男女自行选择的婚姻制度，木兰大概会嫁给立夫，莫愁会嫁给荪亚。"在小说中，木兰将她对孔立夫的一片情意深埋心底，听从命运安排嫁给了曾荪亚。"她的一片芳心，虽然私属于立夫，自己还不敢把

林语堂

林语堂

这种违背名教的感觉坦然承认，同时她对苏亚的喜爱，她也向来没有怀疑过。"

婚后的木兰也是幸福的，苏亚对她非常包容，任她随心所欲。如果姚木兰嫁了孔立夫，大概他们也能很幸福，日子会过得更富有诗情画意。不过，按照她的性格，很可能她不会像莫愁那样，把孔立夫往回拉，劝他明哲保身。

林语堂非常喜爱木兰这个人物，曾说过：若为女儿身，必做木兰也。由此可见，姚木兰代表了他心目中女性的理想。

而对姚木兰嫁给曾苏亚的这番诠释，也可以视为林语堂对婚姻的态度。

值得珍惜的和埋在心底的

夫妻之间性格互补，也许在情趣上不如性格相似的男女，由互补所生的快乐幸福，是个未知数。林语堂更珍视的是廖翠凤与他在年轻时一同经历艰苦患难，每次为了家庭整体的利益，妻子都牺牲了自己。

林语堂在自传小说《赖柏英》中回忆了他的童年和初恋女友，对自己的婚姻，自然也从不避讳提起，唯有对他在圣约翰大学念书时的女友陈锦端，绝少提及，只在《八十自叙》中提过寥寥几笔：

"我从上海圣约翰大学回家之后，常到一个至交的家里，因为我非常爱这个朋友的妹妹C。"

"我由上海回家后，正和那同学的妹妹C相恋，她生得确是其美无比，但是我俩的相爱终归无用，因为我这位女友的父亲正打算从一个有名望之家为他女儿物色一个金龟婿，而且当时即将成功了。在那种时代，男女的婚姻是由父母之命媒妁之言决定的。"

门第藩篱阻碍了林语堂与陈锦端的结合，也给他的心灵带来伤害。在小说《朱门》中，林语堂让富家女子杜柔安冲破了世俗羁绊，爱上出身寒门的记者李飞，最终以大团圆结局。

在他心中有个角落，属于陈锦端。但他从不跟自己较劲，安于自己的婚姻，用自己的方式创造一个和谐的家庭环境。妻子生气时，他就不说话。他说："怎样做个好丈夫？就是太太在喜欢的时候，你跟着她喜欢，可是太太生气的时候，你不要跟她生气。"

廖翠凤最忌讳别人说她胖，最喜欢人家赞美她又尖又挺直的鼻子。所以，每当她不开心，林语堂去捏捏她的鼻子，廖翠凤就知道这是丈夫在赞美她的鼻子漂亮，逗她开心。

在德国莱比锡大学通过博士考试后，林语堂与即将分娩的妻子一同回国。

1927年，林语堂一家生活在上海时，同住上海的陈锦端有时也到林语堂家中做客。

连女儿都看出来了，每次陈锦端阿姨要来，父亲就有点紧张。廖翠凤知道丈夫与陈锦端曾经相爱过，但她是一名豁达的女子，大大方方地告诉孩子们："爸爸喜欢过锦端阿姨。"

当年陈锦端并未与父亲选定的人结婚，她只身去了美国霍柏大学攻读西方美术，如今在上海中西女塾教美术，前来求婚的人踏破门槛，但她直到32岁那年才嫁给厦门大学的一名教授。

陈锦端的经历究竟在林语堂心中激起过怎样的涟漪？过程不清楚，结局却再明白不过。他享受着安逸的婚姻生活，因为他这样的金命，只有水命的妻子才能完全包容。

"才华过人的诗人和一个平实精明的女人一起生活时，往往是，显得富有智慧的不是那个诗人丈夫，而是那个平实精明的妻子。"

什么是好的婚姻？不一定要与最爱的那个人结婚，而是婚后的给与受，只是给予，不在乎得到，才会有美满的婚姻。

最爱的人，因为种种原因未能在一起，那就接受这个命运吧。只是林语堂从未能忘记陈锦端的形象。笔耕之余，他作画消遣，画中人永远是一个样子：留着长发，再用一个宽长的夹子将长发夹在背后。

多年前，林语堂第一次见到陈锦端时，她就是这样的发型和模样。

20 世纪 70 年代中期，林语堂住在香港的小女儿林相如家。一天，圣约翰的同学陈希庆的太太，也就是陈锦端的嫂子来访，提到多年不通音讯的恋人的情况。林语堂听说陈锦端还住在厦门时，这位年过八旬的老人眼睛忽地一亮，双手硬撑着轮椅的扶手想站起来，连声说道："你告诉她，我要去看她！"

一向通情达理的廖翠凤知道丈夫对陈锦端的那份深情，但也忍不住说："语堂！不要发疯，你不会走路，怎么还想去厦门？"

1976 年，林语堂在香港病逝。妻子廖翠凤将他的灵柩运回台湾，下葬于林家庭院后园，继续与他终日相伴厮守。

· 沈从文：

　　1902 年 12 月 28 日出生于湖

南凤凰县城的一个军旅世家。作家，

代表作《边城》、《湘行散记》等。

· 马泽蕙：

　　沈从文的初恋对象。

· 张兆和：

　　沈从文的妻子。合肥张家三小

姐，被沈从文"顽固"的爱情打动。

· 高青子等人：

　　被沈从文称为生命中的"偶

然"。

十
沈从文
结局在计划中

　　沈从文曾说过："打猎要打狮子，摘要摘天上的星子，追求要追漂亮的女人。"

　　他做到了。至于是否幸福，一万个人对幸福有一万种理解。沈从文追求而得到了他所计划的一切，也许无论结局是否幸福，都算得上一种圆满吧。

被蛊惑的初恋

　　1902 年 12 月 28 日，沈从文出生于湖南凤凰县城的一个军旅世家。少年时代的沈从文不思读书，成天与小无赖们厮混，热衷于打架、撒谎、逃学、搞恶作剧。初中毕业后，母亲为了约束他的野性，将沈从文送到辰溪军营学习生存。1920 年底，他又去芷江投靠当警察所长的五舅，在警察所当了一名专管收取屠宰税的办事员。公事清闲，沈从文常常跟七姨爹熊捷三在一起吟诗作赋，并阅读了大量熊公馆的藏书，野性略脱。母亲见他干得不错，便卖掉房子带着九妹到芷江跟儿子一起生活，并将卖房所得的 3000 块银元交给沈从文经营。

沈从文结识了与他年龄相仿的芷江大户人家私生子马泽淮，两人无话不谈，相处甚欢。通过马泽淮，沈从文认识了他的姐姐马泽蕙。

马泽蕙中学毕业后闲居在家，喜爱书法、诗词，对沈从文的一手好字非常欣赏。18 岁的少男，遇到一位美丽的少女，少女对他不吝赞美之词，少女的弟弟又有意撮合，沈从文从此坠入情网，满脑子都是马泽蕙与他想象中的美好爱情。

马泽淮告诉沈从文，姐姐常常在他面前夸赞沈从文如何如何好，最喜欢看沈从文写的诗……沈从文激情涌动，诗兴大发，没日没夜地做旧诗，源源不断地托付好友将他的诗作转交给马泽蕙，一时间，沈从文和马泽蕙热恋的事，在芷江城里传得沸沸扬扬。

七姨爹把沈从文叫到家里来，劝他不要犯傻，马泽蕙是私生女，沈从文若想成婚，眼下就有四位出身不俗的姑娘随他挑选。一位是七姨爹的女儿，其他三位也是芷江大户人家的大小姐。

沈从文心里明白那四位女孩比他的心上人还要美，是平日里他想都不敢想的好女孩。但他正爱着马泽蕙，更重要的是，尽管马泽蕙没有当面对他表示过什么，但从他们交往的信使——马泽淮那儿得到的信息，明确无误地传递出了一个意思：马泽蕙也深深地爱着沈从文。

因此，沈从文告诉他的七姨爹："那不成，我不做你的女婿，也不做店老板的女婿。我有计划，得照自己的计划做去。"

小说《边城》

沈从文的计划是什么？或许他并不清楚，他所清楚的只有一件事，那就是这计划一定要与马泽蕙相关。

马泽淮时常向沈从文借钱。借多还少，却也算得上讲信用，今天借，明天就还，后天再借，大后天又还。

1921 年秋末，匪首张嘉乐率匪徒 1000 多人攻打辰溪县城，抢走商船、财物后，又窜入芷江盘踞作乱，前后持续了四天，匪乱才结束。有人预先得知风声，通知马泽蕙姐弟连夜离开县城，躲到了乡下亲朋好友家。

而留在芷江的沈从文，发现母亲交给他经营的 3000 块银元，有 1000 块左右失去了下落。马泽淮借多还少，亏空积少成多，总数额令人惊诧。沈从文急忙跑去找人，马家姐弟却已双双"失踪"。

沈从文懵了。他想了些办法，还是无法弥补这笔亏空，痛定思痛之后，沈从文给母亲留下了一封信，悄然离开。

到了常德，沈从文写信给母亲忏悔，得到了母亲的宽恕和谅解。后来，他也得到了马泽蕙的消息：马泽蕙在求学途中被土匪抢去，之后嫁给将她重金赎出的一名团长，然而团长不久后又因犯事而被枪决，看破红尘的马泽蕙到沅州的天主教堂做了一名修女。

爱上理想中的女子

初恋夭折，又蒙上"受骗上当"的灰尘，沈从文备受打击，在很长时间内都认为女人没什么意思，颇有哀莫大于心死的意思。为了生存，沈从文再次从军。在遭遇了一系列变故后，1923 年，厌倦了军旅生涯的沈从文挥别故乡，来到北京，在北大旁听，开始走上文学之路。1927 年底，他已出版《鸭子》和《蜜柑》两本集子。

1928 年，沈从文来到上海，由徐志摩推荐，被胡适破格聘为吴淞中国公学的讲师，给大学一年级学生讲授"小说习作"和"新文学研究"等课程。

已在文坛崭露头角的沈从文，在社会上小有名气。听说他来中国公学执教，很多学生都想一睹尊容。然而沈从文第一堂课就出了洋相。面对黑压压一大片慕名而来的学生，他手足无措，大脑一片空白，事先准备好的话竟一个字也想不起来，只好背对着学生，在黑板上写下五个大字"请等五分钟"。时间不知不觉中流逝，紧张感却并没有离开沈从文，预定一个小时的授课内容，他只用十多分钟就讲完了。再次陷入窘迫中的沈从文，冒着汗、红着脸，在黑板上写道："我第一次上课，见你们人多，怕了。"

沈从文和张兆和夫妇合影

沈从文故居

课后，学生们对这位"乡下人"议论纷纷。英文系一年级的张兆和也选修了沈从文的课，但她没想到，从此以后，她的命运跟这位羞怯而固执的"乡下人"联系在一起了。

不知从何时起，沈从文注意到课堂上这位美貌沉静的女生。女生身材窈窕，肤色微黑，天生一副大家闺秀的气质，是学校里公认的校花。他打听到女生的芳名，知道她就是著名的合肥张家的三小姐张兆和。

张兆和的父亲张武龄是著名的教育家，在苏州创办乐益女中，倡导新式教育，饮誉一时。张兆和有兄妹十人，元、允、兆、充四姐妹，个个兰心蕙质。名门才女张兆和，像一只黑凤，飞进了沈从文的心中。

初恋的失败使沈从文对女性产生了偏见，同时也提高了他对女子的要求。"我最理想的女子必聪明得你说一样她知道十样，你说的她明白，不说的她也明白。她一定又美丽，又尊贵，又骄傲，才能使我发疯发痴。"

现在，这个符合他理想的人出现了，他也果然发疯发痴了，压抑太久的感情如熊熊烈火般燃烧起来。沈从文给张兆和写了第一封情书，"只一页，寥寥数语而分量极重"。

之后，他的情书源源不断地抵达。面对沈从文的情书攻势，张兆和始终沉默着，置之不理。她见惯了这种事，但是，沈从文的情书又让她喜欢看，不愿归还。

张兆和的沉默，激发了沈从文更大的热情和痴迷，他将疯狂追求得不到回应的苦恼，倾诉在小说中，而那些小说中美丽动人的肤色微黑的女主人公，几乎都映照着张兆和的身影。

他也想挣脱这种感情的羁绊，却无计可施。

"每次见到你，我心里就发生一种哀愁，在感觉上总不免有全部生命奉献而无所取偿的奴性自觉，人格完全失去，自尊也消失无余，明明白白从中得到是一种痛苦，却极珍视这痛苦来源。"

他只好安慰自己：

"我行过许多地方的桥，看过许多次数的云，喝过许多种类的酒，却只爱过一个正当最好年龄的人。我应当为自己庆幸。"

沈从文满脑子都是张兆和究竟爱不爱自己的疑惑，却得不到解答，最后他决定去找张兆和的同室好友王华莲，请她帮忙了解一下张兆和对这件事的处置方法。

"她既然不爱我，为什么又不把我的信还我呢？我已经说明了，要解决这个纠纷，最好的办法是把我的信还我。"

谈到伤心处，沈从文意气用事，说了"许许多多连恐吓带希望的言语"。"如

合肥四姐妹，前排左起：张允和、张元和，
后排左起：张充和、张兆和

果得到使他失败的消息，他只有两条路可走，一条是刻苦自己，使自己向上；另一条有两条分支，一支自杀，一支总会出一口气的"。

王华莲很为张兆和担心，害怕沈从文因爱生恨，败坏她的名誉。在王华莲的劝说下，张兆和将沈从文追求自己的事情告诉了校长胡适。而这位校长向来喜欢成人之美，反而劝说张兆和接受沈从文的求爱。

"沈从文先生固执地爱你！"

"我固执地不爱他！"

但她还是没有将信还给沈从文。固执地不爱他，又固执地不还他写的那些情书——像一名站在岸边看溺水挣扎者的游客，既不施救，也不离开，怎不让人既生希望，又生恨意？

顽固的执着就是胜利

张兆和在日记里写道："胡先生只知道爱是可贵的，以为只要是诚意的，就应当接受，他把事情看得太简单了。他没有知道如果被爱者不爱这献上爱的人，而光只因他爱的诚挚，就勉强接受了它，这人为的非由两心互印的有恒结合，不单不是幸福的设计，终会酿成更大的麻烦与苦恼。"

胡适满怀遗憾地答应张兆和会写信劝告沈从文不要再执迷不悟，他也确实照办了，并用激将法，劝告沈从文不要让"一个小女子夸口说她曾碎了沈从文的心"。张兆和为了避免不必要的麻烦，也给沈从文写了一封表达"固执地不爱他"的信。

沈从文

经过这番感情的磨难，沈从文的心境已悄然发生改变。他并不觉得自己失败了，而是认为，顽固的执着，就是胜利。他给张兆和回信表示，尊重她的"顽固"，他将"刻苦做人，吸取教训去好好地活，也更应当好好地去爱你。"

1931年秋天，沈从文听从好友徐志摩的建议，离开上海到青岛大学任教。

离开并非放弃，他的情书依然一封接一封写来。而在上海的张兆和，顽固不爱沈从文的心，却发生了动摇。

"我虽不觉得他可爱，但这一片心肠总是可怜可敬的了。"

感动是接受的开始，距离又淡化了沈从文乡下人的形象，美化了他在张兆和心目中的印象。

她以沉默面对又一轮情书攻势，一方面是沈从文并非她心目中的理想对象，另一方面，也是出于少女的矜持和骄傲。这一次的沉默，不同于沈从文在上海时，张兆和重新品读那些将自己一颗赤诚的心捧出的情书，她被深深地感动了。

1932年夏天，张兆和从中国公学毕业后回到苏州九

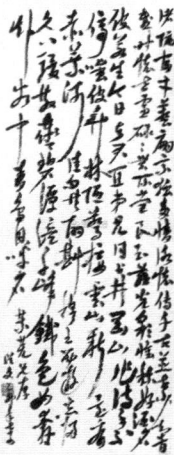

沈从文 行书

沈从文与张兆和

如巷的家里。沈从文决定去苏州看望张兆和，希望她给自己一个明确的答复。在去苏州途中，沈从文在上海拜访了神交许久的巴金，托他代购了送给张兆和的礼物：一大包英译名著和一堆上面嵌着两只有趣长嘴鸟的书夹。

沈从文写情书追求张兆和的事情，张家兄弟姐妹早已听说过。二姐张允和有成全之意，弟弟们又拉着沈从文问东问西，害羞的沈从文得到了张家兄妹的喜爱，而他送给张兆和的厚礼，也非常合适。张兆和得知沈从文为买这些价值不菲的书籍，卖掉了一本书的版权，便只收下了屠格涅夫的《父与子》和《猎人笔记》。

离开苏州返回青岛后，沈从文写信给二姐张允和，请她代为询问父母对自己和张兆和婚事的意见。

"如爸爸同意，就早点让我知道，让我这乡下人喝杯甜酒吧。"

热心的允和很快将父亲的意见告诉沈从文，给他拍来了一语双关的电报："允"。

张兆和也发来一条风趣的电报："乡下人，喝杯甜酒吧。"

一场马拉松式的求爱，此时方见曙光。1933 年 9 月 9 日，沈从文与张兆和在北平中央公园的水榭结婚。沈从文拒绝了岳父张武龄的钱财馈赠，新房里几乎家徒四壁，除了梁思成、林徽因夫妇送的两床百子图床单。院子里有一棵槐树、一棵枣树，沈从文把他的家称为"一槐一枣庐"。

历时三年零九个月的顽固追求，沈从文赢得了张兆和的芳心，如愿以偿，收获了属于他和他们的爱情。

在《水云》中，沈从文写道：

关于这件事，我却认为是意志和理性做成的。恰恰如我一切用笔写成的故事，内容虽近于传奇，由我个人看来，却产生于一种计划中。

天上人间总不同

新婚生活非常甜蜜，沈从文对自己的婚姻十分满意，文学事业也进入鼎盛时期。1934 年 1 月，沈从文回凤凰看望病危的母亲，与妻子约定每天给她写一封信，记下沿途的见闻和对她的思念，这就是有名的 38 封《湘行书简》，后被综合整理为《湘行散记》。

新婚的甜蜜毕竟短暂，随之而来的是平淡乏味的家庭生活。沈从文比张兆和年长八岁，两人的出身、经历、所受的教育、性格、生活习惯等多方面，都有很大的差异。从婚前的浪漫想象，到婚后面对繁琐的实际问题，及至添了长子龙朱后，他们的矛盾越来越多。

沈从文富于幻想又极其敏感，"有一种周期的郁结"，"近人情时极近人情，天真时透底天真，糊涂时无可救药的糊涂，悲观时莫名其妙的悲观"，情绪极易波动。

张兆和是大家闺秀，娴静平和，镇定周密，说话永远是 C 调，就算非常生气，也只是用降 D 调说两句。

沈从文向来不善理财，又好收拾古董、文物，常常把自己搞得很拮据。张兆和虽然出身名门，生活却很节俭，与沈从文讲排场、好虚荣、无计划的消费观念大相径庭。她也看不惯沈从文做事"往往所见不远，往往顾此失彼，因此常会轻诺寡信，不但事无结果，往往招致罪尤"，"想得细，但不周密，见到别人之短，却看不到一己之病，说得多，做得少"。

张兆和看到了她与沈从文之间的差异，而沈从文，对从前他视为天上女神的张兆和，现在是他朝夕面对的妻子，自然也有不小的落差感。

1937 年抗日战争爆发，8 月 12 日，沈从文和几个同人一起辗转去了昆明。张兆和没有随行，在信中强调自己留在北平的理由是：两个孩子尚小（大儿子龙朱不满三岁，二儿子虎雏尚在襁褓中），需要照顾，离开北平不方便；还有就是她"有着乡下老太婆死守家园的固执"和"许多太美丽太可爱的信件不忍舍弃，一家人跟随沈从文会拖累他的"。

这次分离与两人新婚时那次别离不同。1934 年沈从文回乡时，张兆和担心的是沈从文是否会在漫长旅途中受冻挨饿，这一次她担心的是丈夫是否会成为同行者的负担。

沈从文

张兆和在给丈夫的信中写道：

我不喜欢打肿了脸装胖子外面光辉，你有你的本色，不是绅士而冒充绅士不免勉强，就我们情形能过怎样日子就过怎样日子。我情愿躬持井臼，自己操作不以为苦，只要我们能够适应自己的环境就好了。这一战以后，更不许可我们在不必要的上面有所奢求有所浪费。我们的精力，一面要节省，一面要对新中国尽量贡献，应一扫以前的习惯，切实从内里面做起，不在表面上讲求。不许你再逼我穿高跟鞋烫头发了，不许你因怕我把一双手弄粗糙为理由而不叫我洗东西做事了，吃的东西无所谓好坏，穿的用的无所谓讲究不讲究，能够活下去已是造化。

埋怨归埋怨，他们毕竟在一起生活了四年，面对丈夫在信中对自己和孩子的爱和体谅时，张兆和安慰道："你可以完全放心，不论你走多远，我同孩子总贴着你极近。"

1938 年除夕之夜，张兆和在给沈从文的信中写下这样的句子："在这种家书抵万金的时代，我应是全北京城最富有的人了。"

分别的日子，张兆和信多，沈从文反而信少。沈从文在一封信中写道："你爱我，与其说爱我为人，还不如说爱我写信。"

沈从文在昆明安顿好了，张兆和"行止游移，且在游移中迁延时日"，沈从文不禁疑惑"有点别的原因"。他对张兆和说："倘若你真认为我们的共同生活，很委屈了你，对你毫无好处，同在一处只麻烦，无趣味，你无妨住下不动。"

1938 年底，张兆和依然拖延着与沈从文团聚的行期，沈从文写来近乎摊牌的信："是打算来，打算不来？是要我，是不要我？"

于是，张兆和带着儿子、九妹，经香港取道河内，来到昆明，分离一年多的一家人总算团聚了。

不久后，为躲避日机轰炸，他们迁居到滇池附近的呈贡县龙街居住。沈从文住在昆明，每逢周末就"小火车拖着晃一个钟头，再跨上一匹秀气的云南小马颠十里，才到呈贡县南门"。

生命中的"偶然"

事实上，张兆和的拖延是有原因的。沈从文告诉她：他爱上了别人。

他那样痴狂地追求她，居然会爱上她以外的女人！世间事常常令人匪夷所思，却又合情合理。在一场爱情中始终处于低处得不到对等回应的那个人，无论他多么沉溺于所爱的对象，这场爱情也是有缺憾的。

一旦遇到能与他呼应的爱情，他当然不会放过。

在张兆和来昆明之前，沈从文与高青子重逢了。

高青子，原名高韵秀，福建人，虽只有高中文化，却酷爱文学，是一名颇有才华的诗人和作家。1931 年前后，曾担任沈从文七姨爹的大哥熊希龄家的家庭教师。有一次，沈从文为一个亲戚带小礼物去熊家，女主人不在，接待他的就是高青子。

高青子天生丽质，"幽雅而脆弱"，"一张白白的小脸，一堆黑而光柔的头发，一点陌生羞怯的笑"。高青子对沈从文慕名已久，非常崇拜他，两人相谈甚欢，分别时，沈从文送给她一本自己写的书。

一个月后，他们再度相逢。沈从文发现，高青子的着装似乎是有意效仿自己小说中的女主人公。沈从文写了一本小说，里边的女子为了自己心爱的男人而模仿他笔下女主人公的样子打扮自己。看到小说的高青子依照这个情节，模仿了沈从文笔下另一部小说女主人公的样子来打扮自己。

沈从文的心跳加速了。他窥破了高青子的秘密，自身也陷入极大的震撼中，两

沈从文

人都有了尴尬和不安。沈从文深爱张兆和，但他意识到了高青子带给他的诱惑。情感上受到其他女性的吸引，理智上并不敢动摇。

但他忘不了高青子，在很多小说中表达了这样一种矛盾的感情。张兆和生下第一个孩子龙朱后，知道了沈从文对高青子的爱，深受打击。

1937 年，沈从文在西南联大任教，经他介绍，高青子在图书馆任职。张兆和不在身边，沈从文与高青子续上了昔日未了之缘。他依然深爱自己的妻子，也仍然受到高青子的吸引。在矛盾和痛苦中，沈从文想到了林徽因，写信向她倾诉。

1937 年 10 月，沈从文收到林徽因的回信：

"你希望抓住自己的理性，也许找个聪明的人帮忙整理一下你的苦恼或是'横溢的情感'，设法把它安排妥帖一点，你竟找到我来。我懂得的，我也常常被同种的纠纷弄得左不是右不是，生活掀在波澜里盲目地同危险周旋，累得我既为旁人焦灼，又为自己操心，又同情于自己又很不愿意宽恕放任自己。"

沈从文"横溢的情感"，终于发酵成了一篇《看虹录》。

在小说《看虹录》中，沈从文描写了作家在深夜去探访自己的情人。窗外雪花飘飞，室内炉火温馨。心灵早已相通的两人，在这愉悦的气氛中放纵了自己，他们向对方献出自己的身体。小说中的性描写和对女性身体的刻画，被郭沫若指责为"作文字上的裸体画，甚至写文字上的春宫"。《看虹录》所描写的房间，正是沈从文在昆明的家，其中的女子，在性情、服饰、举止等方面，都取自高青子。

《看虹录》写于 1941 年 7 月，沈从文不让张兆和看这篇小说。而事情总得有个终结，从 1931 年到 1941 年，"那个失去了十年的理性"，又回到沈从文身边。"因为明白这事得有个终结，就装作为了友谊的完美"。

高青子于 1942 年离开。沈从文满怀遗憾地说："自从'偶然'离开了我后，云南就只有云可看了。"

幸或不幸无人知

沈从文将那些使他"情感发炎"的女性，一概称为生命中的"偶然"。

除了高青子，还有别的"偶然"。他一次次邂逅"偶然"，感受到"偶然的友谊的笑语和爱情芬芳"，他也一次次陷入理性与情感的矛盾中。

"偶然"带来的感觉和印象，促成了沈从文的无数篇章。

1946 年，沈从文为纪念结婚 13 周年创作了小说《主妇》，回望自己十多年的情感经历。他承认，自己"血液中铁质成分太多，精神里幻想成分太多"，跟自己的弱点而战，他战争了十年，但最终选择了理性的回归，重回庸常的生活，并且在庸常中发现"节制的美丽"、"忠诚的美丽"、"勇气与明智的美丽"，找回了"平衡感与安全感"。

好像一篇写给妻子的忏悔书，却未必能得到张兆和的彻底原谅。

1948 年，沈从文教过且相当欣赏的一名学生，贴出大字报痛批他的作品颓废，杂志上也严厉地批评他为"奴才主义者"，作品是"桃红色文艺"！

时代正在发生剧变，沈从文心境惶然，患上了抑郁症，在清华园疗养了两个月。

沈从文

张兆和没有去陪他。

他们依旧是书信往来。

沈从文抑郁症治愈以后，有好几年的时间，因为两间房子不在一起，沈从文每晚去张兆和那里吃晚饭，再把第二天早、午的饭食带到自己的住所中。

1969 年，沈从文下放前夕，站在乱糟糟的房间里，从鼓鼓囊囊的口袋中掏出一封皱头皱脑的信，又像哭又像笑地对着来看他的张允和说："这是三姐给我的第一封信。""他把信举起来，面色十分羞涩而温柔，接着就吸溜吸溜地哭起来，快七十岁的老头儿哭得像个小孩子又伤心又快乐"。

1995 年，沈从文过世后三年，张兆和整理出版了他们的通信。在《后记》中，她写道：

六十多年过去了，面对书桌上这几组文字，校阅后，我不知道是在梦中还是在

沈从文与张允和

翻阅别人的故事。从文同我相处，这一生，究竟是幸福还是不幸？得不到回答。我不理解他，不完全理解他。后来逐渐有了些理解，但是，真正懂得他的为人，懂得他一生承受的重压，是在整理编选他遗稿的现在……

　　沈从文曾说过："打猎要打狮子，摘要摘天上的星子，追求要追漂亮的女人。"

　　他做到了。至于是否幸福，一万个人对幸福有一万种理解。沈从文追求而得到了他所计划的一切，也许无论结局是否幸福，都算得上一种圆满吧。

· 郁达夫：

1896 年 12 月 7 日出生于浙江富阳一个普通

的知识分子家庭。代表作《沉沦》等。

· 后藤隆子：

郁达夫留日时的恋人之一。

· 孙荃：

富阳名门闺秀，才女，郁达夫的妻子，后分居。

· 王映霞：

杭州四大美人之首，郁达夫对其一见钟情，

热烈追求，后成为其妻子，婚后 12 年离异。

· 李小瑛：

郁达夫在新加坡时的同居对象。

· 何丽有：

郁达夫化名赵廉与之结婚生子。

十一 郁达夫

酒醉情多累一生

酒酿坏了不是水，可能是醋。爱情坏了不是不爱，是恨。

恨，是爱过头了的一种极端的、令人恐惧的方式。

从一开始，郁达夫对王映霞的爱，就在过头的边缘上涉

险，只是由于种种因素，这杯爱情的浓酒才没有马上变坏，

反而因此成为传奇。

水样的春愁：初识酒滋味

1896 年 12 月 7 日，郁达夫出生于浙江富阳一个普通的知识分子家庭。

郁达夫自幼就显露出他的天赋才华，赋诗作文，令人瞩目。早慧的人，通常情感上也比较早熟。少年时代，郁达夫对邻居赵家的少女萌生情愫。那样的感情，是"水样的春愁"和轻微的性念的混合物，如一杯低酒精饮料，醺然不醉，随着时间的流逝，淡如清水，唯有微醺的感觉留在了记忆中。

郁达夫一生好酒，不知是否与少年时代的这段恋情有关？

郁达夫

1913 年，17 岁的郁达夫随大哥郁曼陀去日本留学，次年 7 月考入日本东京第一高等学校医科部，预科结业后，被分配到名古屋第八高等学校分部读书，寄居在后藤家。

后藤家的女儿名叫隆子。隆子对这位瘦弱斯文的中国青年颇有好感，殷勤地给他送饭铺床。楼上楼下，屋里屋外，郁达夫与隆子接触频密，这名柔顺娇羞的日本少女，像清淡而后劲颇足的日本清酒，郁达夫非得拼命按捺下渴饮的念头，才能与之相处。

他用极其冷淡的态度掩饰自己对隆子的爱情与欲望。

有一天，隆子在卫生间隔壁洗浴，郁达夫忍不住偷窥了她雪白的裸体……隆子发觉后并未将此事告诉父亲，两人开始交往。郁达夫教隆子学习汉字，隆子用她的柔情抚慰着远离故国敏感自尊的青年，彼此感情日渐浓厚。

然而，这样的交往，反而加深了郁达夫性压抑的痛苦。

两人的关系，在郁达夫离开名古屋后宣告终止。郁达夫写下旧体诗《别隆儿》：

犹有三分情未忘，一分轻薄二分狂。只愁难解名花怨，替写新诗到海棠。

后藤隆子送给郁达夫一把扇子作为纪念，上面题有一句优美的日本诗：望朝日而思君矣，莫对残日而怀余。

孙荃德才兼备：一盏女儿红

1917 年夏，郁达夫回国省亲。

这一年他已 21 岁。男大当婚，母亲为他定了一门亲，对方是富阳有名的才女孙荃（原名孙兰坡）。孙荃比郁达夫小一岁，上过私塾，能诗善文。郁达夫见过很多美女，对孙荃的容貌有些挑剔，尤其是她那三寸金莲和瘦小的身子，毫不符合郁达夫对女性美的定义。失望之余，郁达夫却发现孙荃的学识和谈吐超出自己意料，她的知书达理也让郁达夫心生怜惜。

这是一位德才兼备的女子，客观来说，容貌也不错。这样的女子，如一盏好酒，唯一可惜的是，郁达夫虽好酒，独独不爱旁人替他安排。

与孙荃从初次见面到分别，只有短短一个月时间。郁达夫的意思是回到日本完成学习，能够养家糊口了再与孙荃完婚。未婚夫的决定，孙荃自然不好反对，她已 20 岁，只能寄望于郁达夫尽快学成归来。

回到日本后，郁达夫与孙荃书信往来，对未婚妻的才情赞赏有加。不过，孙荃如一盏家乡女儿红，好则好矣，在郁达夫心目中，仍属于旧的世界。而他追求的是自由的性灵和情爱。

郁达夫在日本与朋友们创办社团，写文章，拖拖拉拉推迟着归国日期。1920年7月，在家人的反复催促下，他才回国与孙荃完婚。

由于郁达夫的坚持，一切从简从新，他跟孙荃的婚礼，没有举行任何仪式，也没有证婚人和媒人到场，甚至没有点上一对蜡烛，放几声鞭炮。

孙荃此时已23岁，在富阳乡间，算得上老姑娘了。孙家为了让女儿早日出阁，答应了郁达夫的条件。夜色降临后，孙荃乘上一顶小轿到了郁家，就算是过门了。

郁达夫人在富阳，心却留在日本。他惦记着在日本未完成的学业和那群志同道合的朋友，惦记着外面广阔的天空，婚后不久就启程返日。

临别前夜，夫妻俩对坐了整晚。孙荃是满腹离愁和担忧，无从说起；郁达夫是去意虽决，却也对妻子深感内疚，因此呆坐一旁，无言以对。

隆子堕入风尘：今宵酒醒何处

回到东京后，郁达夫再次遇到后藤隆子。

那天他去酒馆喝酒，耳边传来一串熟悉的笑声，回头看，竟是故人！隆子与几个男人在一起喝酒调笑，从她的装饰打扮和说笑的神情来看，显然已堕入风尘。

分离之后，郁达夫曾去名古屋找过隆子，令他怅惘不已的是，后藤家的房屋因一场大火被烧毁，全家人不知所终。

王映霞　　　　　　　　郁达夫

他做梦也没想到，隆子竟沦落到这里！

隆子发现有人在看她，抬头寻觅，也看到了郁达夫。视线交接时，她呆住了。

那些甜蜜的回忆浮现眼前，郁达夫不忍与隆子相看，转身就逃。隆子叫着他的名字追上他，坦言别后遭际：那场大火使她失去了亲人和安身立命的家园，为生活所迫，她已开始皮肉生涯。

往日恋情在郁达夫的心头涌动。他委托日本友人出卖自己收藏的一幅古画，希望换得一笔钱，将隆子从风尘中赎出来。谁知朋友告诉他，经过鉴定，那幅画是件赝品，根本不值钱。郁达夫一筹莫展，咬咬牙，将妻子新婚之夜赠送给他的钻戒送进了当铺。

然而等他再次来到那家酒馆，却再也找不到隆子。原来，后藤隆子不想连累郁达夫，再次从他的生活中消失了。

郁达夫

王映霞

郁达夫将他在日本的经历，与隆子和其他几位日本女子之间的感情故事，写进了他的小说中。结束学业的郁达夫回到上海，与郭沫若等人成立了创造社，投入到繁忙的文学活动之中。小说集《沉沦》一经出版，便轰动了文化界。《沉沦》描写了青年性的苦闷，文中那个饱受性压抑苦闷的青年，在灵与肉的碰撞矛盾中挣扎的青年，处处有着郁达夫的影子。

夜放的海棠们：烈酒一杯又一杯

1921年，为了养家糊口，郁达夫告别了郭沫若等朋友，携孙荃到安庆教书。

两人世界原本清静闲适，夫妇俩却常常发生矛盾。矛盾的症结在郁达夫身上。

普通人嫖妓是下流，文化人嫖妓却自命名士风流。灵与肉的分离，是嫖妓的遮羞布。郁达夫在日本就有嫖妓的习惯，回国后依然故我，不觉得有何不妥。

在安庆，郁达夫结识了一个名叫海棠的妓女。每天上完课，郁达夫就赶到位于城外的海棠姑娘的住处，与她厮混一晚。由于郁达夫的课程排在早上，为了不耽误教职工作，郁达夫必须在凌晨时分早早赶到城门洞里，等候城门打开。

郁达夫与海棠姑娘的关系，在他看来是出于怜悯和拯救，在同事们眼中，就是一桩愚蠢可笑的事。郁达夫受到同事的嘲笑与奚落，回到家中就朝妻子孙荃发泄一通。

嫁给一个放浪不羁的才子，孙荃能做的，就是默默忍受。在这样的境况中，他们有了第一个孩子。

由于种种原因，郁达夫辞去了安庆的教职，他把妻儿送回老家，只身北上，去北京教书。等到一切安定下来，他才将妻儿接到北京。经过几番磨砺，夫妻之间因为朝夕相处，又有童稚可爱的孩子绕膝逗趣，家庭气氛终于变得温馨平和了。尽管在北京的这几年，郁达夫依然不改他的所谓名士做派，跟一个名叫银娣的妓女过从甚密，但对于孙荃来说，这种相对安稳、宁静的生活，已让她深感满足。

疯狂爱上王映霞：醇酒佳人最相宜

1926 年 12 月 15 日，由于上海创造社出版部出现混乱，郁达夫赶往上海主持工作。时值隆冬，孙荃担心丈夫缺乏御寒衣物，从北京给他寄来一件皮袍。郁达夫非常感动，一心想着要写点文章换取些稿酬寄给妻子。

文章未写，郁达夫已将文章和妻儿忘在了脑后。

1927 年 1 月 14 日，郁达夫到他留日同学孙百刚家中做客。一位美人如披霞光，令他目眩。待到意识恢复后，郁达夫已深深爱上这位名叫王映霞的女郎。

王映霞二九芳龄，比郁达夫小一轮，本名金宝琴，小名金锁。"锁"，由金、小、贝三个字组成，意为金家的小宝贝。她生于杭州，幼时过继给外祖父王二南做孙女，改名王映霞。

王映霞家学渊源，人又生得漂亮，15岁考入浙江女子师范学校，素有"校花"之誉，在当时的杭州四大美人中，王映霞位列首位。她的长相、新女性的气质，完全符合郁达夫对于女性的理想。

这样的美人，追求者必然多如牛毛。郁达夫的留日同学许绍棣也在其中。

王映霞早就听闻郁达夫的大名，曾拜读过他的《沉沦》，对文中大胆的性描写，印象深刻，又有些难为情。她做梦也想不到会在孙百刚的家中邂逅这位文章惊世骇俗的大作家。

认识王映霞之后，郁达夫几乎天天去找她，不断地给她写情书。被郁达夫追求，王映霞有些兴奋，但仅此而已，并不动心，甚至将他的情书公开，获得虚荣心上的满足。

她高估了自己抵御追求的能力。随着时间的推进，这件事越来越失控。

郁达夫在日记中写道："我若能得到王女士的爱，那么此后的创作力更要强些。啊！人生还是值得的，还是可以得到一点意义的。"他终日徘徊在王映霞的窗下，一向生活拮据的他突然"阔气"了，他请王映霞上高级餐厅，看好莱坞电影，挥金如土，只为博红颜一笑。

郁达夫与孙荃

一样长夜两样情：只饮这一杯酒

浪漫多情，狂热痴情，文采飞扬，名震天下。自古美人爱英雄，英雄不限于赳赳武夫，一个文弱书生，敢于如此执着地追求被无数人觊觎的大美人，也算得上英雄。

郁达夫给王映霞写了无数首旧体情诗，其中一首格外打动美人芳心。诗云：

朝来风色暗高楼，偕隐名山誓白头。好事只愁天妒我，为君先买五湖舟。

王映霞告诉代郁达夫求情的人，她只要求郁达夫必须是一个"清清爽爽的身子"。

郁达夫有家室，王映霞要他在妻儿与自己之间二选一。

这个答复像盆冷水浇在郁达夫头上。他爱王映霞，却从未考虑过要抛弃孙荃。

相识至今，辗转奔波，孙荃给予他的爱，温暖宽容，她还为他生了两个孩子，第三个孩子也孕育腹中。郁达夫虽任情适性，却是多情而非无情之人，王映霞的要求使他陷入两难境地。他可怜孙荃，更舍不得王映霞。

爱情啊爱情！郁达夫说："得之，我幸；不得，我命！"在绝望中，他给王映霞写了一封绝交信。

出乎意料的是，第二天，王映霞拿着信找到郁达夫，向他表明心迹：愿意和他一起走下去……

绝交信写出这样的结果，写信人醉了，收信人也醉了。

郁达夫和王映霞开始同居，百般柔情，千种蜜意。

此时，远在北京的孙荃即将临盆，生活窘迫。郁达夫设法筹措了钱给妻子寄去。同时捎去的，还有他与王映霞同居的消息。

如果说之前的海棠、银娣等人是杂花野花，王映霞则是一朵名花。孙荃对丈夫的性格喜好颇为了解，知道这一次，她遇到了大麻烦。

"在长夜漫漫中，她只得断荤茹素，成了虔诚的佛教徒"。孙荃与郁达夫分居，携子女回到富阳老家，与郁达夫的母亲同住，吃斋念佛，独自将儿女们抚养成人。

郁达夫的母亲和在北京的大哥分别写来言辞激烈情绪激昂的家书，痛斥郁达夫的行为。然而，郁达夫坚信他得到了人生最大的幸福，并不将这些放在心上。

让他倍感欣慰的是，尽管郁家人反对，他却得到了王映霞的祖父和母亲的认可。

跟娶孙荃截然不同，郁达夫对王映霞，不仅要办订婚礼，还要办结婚礼。1927 年 6 月 5 日，郁达夫和王映霞在杭州聚丰园餐厅举行了订婚宴，向世人公开了他们的关系。1928 年 2 月，两人在杭州西子湖畔大旅社举行了婚礼。

才子佳人的结合，成为当时杭州城的一桩盛事。这一年，郁达夫 32 岁，王映霞 20 岁，正当一男一女最好的年华。1928 年 3 月，他俩离开杭州，迁入上海赫德路（今常德路）嘉禾里居住，算是正式组建了小家庭。

"富春江上神仙侣"：莫忘富阳那盏酒

婚后的郁达夫，果然如他所料，在创作上获得了无限力量和灵感。1928 年，郁达夫加入太阳社，在鲁迅的支持下主编《大众文艺》，生活也比较安定。婚后一年，郁达夫与王映霞有了爱的结晶。

郁达夫好酒贪杯，王映霞对此很有意见。除此之外，两人的感情还不错，日子过得比较安逸。王映霞对她的生活档次比较满意，"每月开支为银洋 200 元，折合白米二十多石，可说是中等以上家庭了。其中 100 元用之于吃。物价便宜，银洋 1 元可以买一条大甲鱼，也可以买 60 个鸡蛋，我家比鲁迅家吃得好"。

郁达夫与鲁迅关系密切，一度加入"左联"。1931 年 1 月，左联五作家被捕，其后被杀害，郁达夫与鲁迅也遭到通缉，危急之中，郁达夫离开上海避居富阳。行前他写下传世名诗《钓台题壁》：

不是樽前爱惜身，伴狂难免假成真。曾因酒醉鞭名马，生怕情多累美人。劫数东南天作孽，鸡鸣风雨海扬尘。悲歌痛哭终何补，义士纷纷说帝秦。

回到富阳老家，郁达夫见到芳容早衰的孙荃和已然长大的两女一子，羞愧有加。

孙荃待他客气周到，饮食起居都按郁达夫过去的爱好安排。

郁达夫心怀愧疚，怜悯之下，想与孙荃同居，弥补丈夫之责，却发觉孙荃房门上贴着"卧室重地，闲人莫入"八个字，只得讪讪退回到孙荃为他安排的楼下西厢房中。

1933 年 4 月，在王映霞的坚持下，郁达夫举家从上海迁到杭州，并在杭州修建了寓舍，郁达夫将它命名为"风雨茅庐"。柳亚子赠诗郁达夫，其中"富春江上神仙侣"一句传诵一时。

移居杭州后，王映霞如鱼得水，与许多达官贵人交往，并与许绍棣重逢。许绍棣此时刚刚丧偶，与王映霞重逢后，昔日爱苗再次萌发。

情多累美人：醉后方知酒太浓

1936 年，郁达夫为参加抗战活动，赴任福州，任福建省府参议。

许绍棣已当上浙江省教育厅长。他与郁达夫表面看起来关系友好，其实不然，尤其是两人多年前同时追求王映霞，郁达夫竟以有妇之夫的身份成功抱得美人归，更让许绍棣难以释怀。于是，趁着郁达夫与王映霞分居两地，许绍棣对王映霞大献殷勤，并借机挑拨郁王之间的关系。

兵荒马乱的岁月，一家人最好留守在一处，郁达夫抛下王映霞和孩子们远走他乡，原本就让王映霞深为不满，许绍棣"无意"中透露了郁达夫避居富阳期间与原配孙荃藕断丝连的"秘密"，更让王映霞怒意难消。

郁达夫远在福州，对妻子的变化一无所知，在这一年的日记中，郁达夫写道："晚上独坐无聊，更作霞信，对她的思慕，如在初恋时期，真也不知什么原因。"

他也听说了好友许绍棣"新近借得一夫人"的新闻，闻之一笑，并不知所谓借来的夫人，竟是指他的妻子王映霞。

他离王映霞越来越远，从空间距离到两个人的心灵，却浑然不觉，一心投入到抗战工作之中，并且再次东渡日本，邀请老友郭沫若回国参加抗战。

随着局势的恶化，杭州已不再安全，王映霞独自带着三个子女躲避到富阳郁家，不得已之下与孙荃相处。两个女人各有心思，面面相觑，相对尴尬……日军压境，富阳也不可久留，王映霞和孙荃只好各自带着子女匆忙外逃，只有郁达夫的母亲一人孤守祖宅。日军攻占富阳后，郁母闭门不出，冻饿而死。

噩耗传来，郁达夫悲痛万分，设堂拜祭，书写对联："无母可依，此仇必报。"

1938 年 7 月，郁达夫转战武汉投入抗日宣传工作，王映霞携子拖母与郁达夫团聚。经过这一番离散，王映霞对郁达夫的感情已降至谷底。一天晚上，两人吵得不可开交，王映霞一气之下离家出走。郁达夫找不到她，便回到家里喝酒解气。

无意中，郁达夫发现了许绍棣写给王映霞的三封信，他恍然大悟，悲愤交加，认定自己遭到了妻子的背叛。

借着酒意，他在王映霞的一件旗袍上写下"下堂妾王映霞改嫁之遗物"几个大字。

7 月 5 日，郁达夫在汉口《大公报》第四版刊登《启事》，全文如下：

"王映霞女士鉴：乱世男女离合，本属寻常，汝与某君之关系，及搬去之细软

郁达夫与王映霞

衣饰、现银、款项、契据等，都不成问题，惟汝母及小孩等想念甚殷，乞告一地址。郁达夫谨启。"

如此大爆家丑，郁达夫还嫌不够解气，转身又将许绍棣写给王映霞的信照相翻印，寄给各路名人。

事情做完了，郁达夫才恢复冷静，得知王映霞躲在好友家，他赶紧找过去，苦苦哀求她回家。

冲动是魔鬼。冲动地干出撕破脸皮的事，又冲动地去亲吻那张受伤的脸。酒精损害了郁达夫的理智。

——却无损于他对王映霞的深爱。

王映霞不肯原谅他的这一场胡闹。经朋友百般调解撮合，郁达夫又在报上登了一则道歉启事，把一切责任揽在自己身上，王映霞的语气中才有了些松动。

此时，徐悲鸿与夫人蒋碧微正为他和学生孙多慈的"慈悲之恋"大动干戈，王映霞将孙多慈介绍给许绍棣，一举三得。孙许二人迅速结婚，徐悲鸿与蒋碧微暂告停战，郁达夫和王映霞也勉强复合，并订下协议，决心"让过去埋入坟墓，从今后各自改过，各自奋发，再重来一次灵魂与灵魂的新婚"。

协议易定，心上那道伤口却不可能轻易愈合。

1938 年底，郁达夫应《星洲日报》的邀请到新加坡工作，王映霞带着他们的长子郁飞也一同来到新加坡。

他们勉强遵守着协议，实则已貌合神离，有时想起往事，重重恨意翻涌上来，即便是在外人面前，也按捺不住性子，对彼此冷言相讥。1939 年，郁达夫满腔烦恼无处倾吐，在香港《大风》旬刊上发表著名的《毁家诗记》，公开披露了他与王映霞之间的情感恩怨，痛心疾首地指出王映霞红杏出墙，是导致"毁家"的重要原因。

至此，两人的关系已无可挽回。王映霞羞愤中以《一封长信的开始》和《请看事实》予以反击。

一时间舆论哗然，两人的私生活变成了人们街头巷尾津津乐道的话题。王映霞欲再次出走，郁达夫却将她的护照锁在办公室保险柜里，使她无法离开。

酒酿坏了不是水，可能是醋。爱情坏了不是不爱，是恨。恨，是爱过头了的一种极端的、令人恐惧的方式。

从一开始，郁达夫对王映霞的爱，就在过头的边缘上涉险，只是由于种种因素，这杯爱情的浓酒才没有马上变坏，反而因此成为传奇。

1940 年 8 月，王映霞逼着郁达夫在离婚协议上签了字。这对曾被誉为"富春江上神仙侣"的才子佳人，在互相怨恨中结束了他们十二年的婚姻。

王映霞走后，郁达夫带着儿子郁飞继续留在新加坡，这时他才真正冷静下来，写诗道：

> 大堤杨柳记依依，此去离多会自稀；
>
> 秋雨茂陵人独宿，凯风棘野雉双飞。
>
> 纵无七子为衷社，尚有三春各恋晖；
>
> 愁听灯前儿辈语，阿娘真个几时归。

雨打飘零乱世情：淡酒两杯酬孤旅

结束这段婚姻，郁达夫的心境极其孤寂。生活要继续，工作也要继续。在一次演讲中，郁达夫遭遇空袭，危急中，他下意识地将身边一位漂亮女士掩护在他身下，从而结识了这位任职英国情报部的华籍职员李小瑛。

李小瑛 26 岁，中英文均佳，声音悦耳动听，对郁达夫仰慕已久，非常崇拜他的文学才华。一番交往，两人互生怜惜。李小瑛介绍郁达夫到英国情报部办的《华侨周报》当主编，使他多了一份收入。郁达夫不顾外人非议，让李小瑛以他"契女"的名义搬到自己家中，开始同居。

郁达夫的儿子郁飞强烈反对父亲和李小瑛的结合。1941 年 12 月，李小瑛搬出郁家，退到爪哇岛。1942 年，日军进逼新加坡，45 岁的郁达夫为躲避日本人迫害，与胡愈之、王任叔等人撤退至苏门答腊，化名赵廉，与朋友合伙经营酒厂，借以掩护他的真实身份。

在这里，他碰到年仅 20 岁的何丽有。何丽有原籍广东，相貌平常，没什么文化。郁达夫取"何丽之有"之意给她取名为何丽有。何丽有不大懂中国话，欣然接受这位酒厂老板为她取的名字。

1945 年 8 月 29 日夜晚，郁达夫正在家中与几位朋友聊天，忽然来了一个土著青年，他把郁达夫叫出去讲了几句话，郁达夫随即回到客厅，与朋友打个招呼就出去了。他不知等待他的是战败后日本人对抗日者疯狂的杀戮，匆匆离开，没来得及换衣服，穿着睡衣和木屐，消失在茫茫夜幕中，从此再也没有回来。

郁达夫被带走次日，何丽有生下了她与"赵廉"的第三个孩子。直到得知丈夫遇难的消息，她才知道，原来她所嫁之人，竟是大名鼎鼎的郁达夫。